HarperCollins *Español*

Liberty

Andrea Portes

HarperCollins *Español*

Editora en Jefe: *Graciela Lelli*

ISBN: 978-0-71808-116-4
Impreso en Estados Unidos de América

18 19 20 21 22 LSC 9 8 7 6 5 4 3 2 1

Para mi madre y mi padre,
siempre seréis mis cimientos.
Para mi marido,
siempre serás mi refugio.
Para mi hijo,
siempre serás mi cielo.

PRELUDIO

Todo a tu alrededor es polvo y ráfagas. La luz, la arena que se cuela por la rendija de la portezuela del coche, lo justo para pasar por delante de mi madre. Una cara en dos dimensiones con mi padre junto a ella. Al otro lado del mundo. Él le dice algo para que se prepare. «Eh, cariño, prepárate, ya casi hemos llegado». Algo sobre un puesto de control. Yo oigo mi voz que llega a través de la pantalla: «¿Qué estás haciendo allí, mamá? ¿Qué estás haciendo allí?».

Ella intenta ser amable, intenta ser comprensiva. Las palabras no suenan en absoluto preocupantes. «Por favor, no estés triste, pronto volveremos a casa».

Mi voz dice: «¿Qué podría ser tan importante como para obligaros a salir de Estambul y adentraros por la carretera hacia Dios sabe dónde?».

«Damasco», me dice. «Y es un lugar seguro, allí hay una misión que cumplir y las monjas no se marcharán, a pesar del peligro. Además, este es nuestro trabajo, cariño, es nuestro trabajo».

Entonces mi padre dice algo así como «Ya hemos llegado, estamos en el puesto de control». El conductor está hablando con mi padre, en árabe, mi padre responde y, durante unos segundos, es todo rutinario, papeles, carnés de identidad y preguntas, incluso alguna broma sobre la foto del carné. «Sí que era joven entonces, ¿eh?».

Yo estoy a punto de hablar, pero no llegan a salirme las palabras porque empiezan los tiros.

Ráfagas de tiros y árabe y nubes de polvo que enturbian el aire, disparos que llegan de fuera del coche, y en la pantalla ya no aparece mi madre, ni mi padre tampoco. En la pantalla aparece la parte inferior del asiento trasero del coche, mientras continúan los disparos. Ratatatata, ratatatata.

No hay palabras de despedida, ni consuelo, ni siquiera tiempo para un te quiero.

Solo balas.

—¿Mamá, qué ocurre? ¿Dónde estás? ¡Dímelo! ¿Dónde estás?

Pero la pantalla ya no tiene nada que decir y el coche no tiene nada que decir, y del coche ya no salen más palabras porque el coche está vacío.

Está vacío.

—¿Mamá...? ¿Papá...?

Ahora solo queda el silencio.

I

1

Ahora ya puedo contar mi historia, ¿no? Quiero decir que sí, que hay un par de cosas que quizá debería omitir. Solo para que todos se sientan mejor. Para no destrozar nuestra ilusión de que el mundo es un lugar maravilloso.

Pero quizá eso no tenga sentido. Ya sabéis, lo de las mentiras. Quizá sea mejor poner las cartas sobre la mesa para que podáis decidir si queréis verlo como lo que es o ignorarlo y darle la espalda. En realidad es cosa vuestra.

A diario hay mucha gente que ignora muchas cosas. Pensadlo bien. Cada día vais caminando y pasáis por encima de un tío que hay tirado en la calle, frente al Starbucks, o en el parque, o en la acera; simplemente lo ignoráis. O esos policías que detienen a un negro o a un amarillo, o a cualquiera que no sea blanco. Simplemente decidís ignorar esas cosas, ¿no?

Y entonces un día se os olvida que habéis estado ignorando muchas cosas. Es algo inconsciente. No es más que ruido blanco. Es lo normal.

Pero entonces, a veces, aparece alguien o algo que os sacude. Os saca de vuestra burbuja y, de pronto, volvéis a percibir las cosas.

Es entonces cuando debéis tomar la decisión.

¿Voy a volver a lo de antes? ¿O voy a seguir viéndolo?

Porque, si sigo viéndolo, si sigo viendo eso que sucede en mis narices y que es tan injusto, al final es posible que tenga que hacer algo al respecto.

Mirad, no he venido aquí a cambiarle la vida a nadie. Solo intento contar una historia. Pero me pregunto si... lo que quiero saber es si... ¿Puedo contarla sin más? ¿Puedo contarla tal y como ocurrió?

Si os la cuento, tendréis que protegerla, ¿de acuerdo?

Protegedla bien.

2

Bueno, vale, es evidente que hay algunos detalles que debemos repasar. Es probable que queráis saber quién soy yo. La que escribe. La que invade vuestra vida en este momento.

Soy una expatriada. Bueno, en realidad no. Soy más bien hija de dos expatriados. Por lo tanto, el estatus de expatriada me vino dado.

No os preocupéis. No estoy enfadada con ellos. No podría estar enfadada con ellos ni aunque quisiera.

Están muertos.

O es probable que lo estén.

Nadie lo sabe.

Ya llegaremos a esa parte. Y no sintáis pena por mí. No soporto contárselo a la gente porque, cuando veo esa cara de preocupación que ponen, me dan ganas de largarme al bar más cercano. Lo digo en serio.

Así que hacedme un favor. Cuando os cuente lo que ocurrió..., no flipéis.

Todo empezó con una estupidez. Algo totalmente banal.

Siempre empieza con algo estúpido. Algo que nunca pensarías que fuese a llegar a nada. Algo en lo que ni siquiera pensabas. En las películas, siempre sabes cuándo llega el momento clave. La música sube de volumen. La cámara hace un picado. El protagonista levanta la mirada. Y lo sabes. Sabes que ese es el momento clave. Aquello que lo cambiará todo.

Pero en la vida no sucede así. En la vida te encoges de hombros, haces algo, luego sucede esta cosa y después esa otra. Y nunca sabes cuál es el momento clave hasta que miras hacia atrás y piensas, Dios mío, era eso. ¿Cómo no me di cuenta?

En cierto modo es desesperante. Pensar en lo azaroso que resulta. Como esto que os cuento. Esto que te cambia la vida.

¿Queréis saber qué es?

Applebee's.

Sí, Applebee's.

Más concretamente el Applebee's que hay junto a la interestatal 99, justo a la salida de Altoona. Eso está en Pensilvania, por si por alguna razón no sabíais dónde está ALTOONA. Aquel fue el lugar donde me colocó el destino un feliz día de primavera en abril de 2015. Regresaba conduciendo desde Pittsburgh, escuchando a Majical Cloudz, sin meterme con nadie, cuando sentí la llamada de la naturaleza. Sentí la llamada de la naturaleza y tuve que parar en ese lugar dejado de la mano de Dios que, seamos sinceros, está en mitad de los Apalaches. Y el único lugar abierto en el que no pareciera que me iban a secuestrar y a encerrar en un sótano, cuya entrada estaría oculta tras un congelador, era el Applebee's del centro comercial de Logan Valley en Altoona, donde servían con orgullo el especial *happy hour* de costillas con chili dulce. Normal, ¿no? Pero no os equivoquéis, si no hubiera entrado en el Applebee's de la interestatal 99, a dos horas de Pittsburgh, nada de esto habría ocurrido.

¿Que qué estaba haciendo yo en Pittsburgh? Bueno, mis padres me educaron para ser una especie de liberal convencida. Ya sabéis, una de esas personas que incomodan a los demás durante la cena hablando del peligro que corren los osos polares o #losnegrosimportan y preocupándose por los esclavos del mar que hay frente a la costa de Asia. Sí, soy una de esas. Una agitadora.

Mis padres no lo hicieron porque quisieran incomodar a todo aquel que me rodeara. Ni siquiera lo hicieron a propósito. Según ellos, podría haberme convertido en una histérica conservadora del *Tea Party*, porque la decisión me la dejaron a mí, ya que son/eran liberales sosainas que creen en esa estupidez de que cualquiera puede ser lo que desee.

Pero son/eran periodistas. Y de los buenos. Entre ellos competían por ver cuál de los dos tenía más premios Robert F. Kennedy, y quién aparecía en el *New York Times* y quién podía ganar el premio al Mejor Libro Nacional. (Lo ganó mi madre hace cuatro años y creo que lo llevó consigo a todas partes durante dos meses seguidos).

Pero no hablemos de ellos ahora, porque todavía no quiero empezar a llorar. Solo quiero contaros por qué estaba en Pittsburgh.

Hay un lugar en Pittsburg llamado Universidad Carnegie Mellon donde tienen un laureado programa de robótica. Sin necesidad de revelar lo que diseñan allí y daros un susto de muerte, solo diré que deseaba verlo con mis propios ojos, tomar notas, hablar con los diseñadores y escribir sobre ello en mi tesis sobre inteligencia artificial. Hasta el momento el título provisional es: «Inteligencia artificial: ¿Inmortalidad humana o monstruo de Frankenstein?». Bueno, ya hablaremos de eso más tarde.

El problema es que sigo siendo una humana con necesidades fisiológicas humanas, y eso significa que necesitaba ir a un cuarto de baño para humanos situado en un restaurante para humanos llamado Applebee's.

Iba a ser fácil. Iba a ser una parada rápida. Algo sencillo.

El caso es que... allí había muchas familias. Familias muy monas. Familias con hijos que pintaban con ceras de colores en esos mantelitos de papel que les dan para que se queden sentados a la mesa en vez de andar corriendo por ahí estorbando a las camareras. Había bebés y niños de cinco años con camisetas de Batman. Había incluso una niña vestida de Elsa. Sin razón aparente. No es Halloween. Pero venga, cielo, disfrázate de Elsa si quieres. Tú misma.

Y aquello habría sido genial, con todas esas familias.

Pero al salir del baño me fijé en todas esas madres y vi que algo pasaba. Algo malo. Esas madres estaban preocupadas. Las madres estaban asustadas, pero intentaban que no se les notase porque estaban delante sus hijos, y todas las madres saben que hay que mantener la compostura delante de los hijos porque si no se asustarán.

Así que echo un vistazo y me acerco para ver por qué están preocupadas. No puedo evitar sentir pena por ellas. Las madres lo tienen difícil. Intentad cuidar de unos niños alguna vez. Yo hice de canguro en una ocasión y después tuve que dormir durante una semana seguida.

Y entonces lo veo. O, mejor dicho, los veo.

A esos tíos.

Son dos.

Los llamaremos Perrito Caliente y Hamburguesa. ¿Por qué llamarlos así? Porque uno es alto y pesa dos kilos y el otro es bajo y pesa doscientos. Pero lo importante no es eso. No seáis tontos.

Lo importante es esto:

Los tíos están allí de pie. Uno lleva una cazadora vaquera con la bandera confederada. El otro lleva una camiseta del grupo Slayer. Ambos llevan el mismo corte de pelo. Corto por delante y largo por detrás. Parece que se lo han cortado ellos mismos. Pero tampoco es eso lo importante. No seáis superficiales.

Lo importante es que ambos llevan lo que parecen ser rifles de asalto AK-47 colgados a la espalda, como si estuvieran en el Applebee's de Irak (que no existe). Ambos llevan, además, pistolas de repuesto en las cartucheras. Revólveres.

Si alguien hablara con ellos, apuesto a que dirían que están muy orgullosos de sus armas. Están ENAMORADOS de sus armas. ¡Quieren casarse con sus armas! Pero no hay tiempo para hablar con ellos.

Ahora mismo están acosando al pobre encargado del Applebee's, que parece una versión mucho más joven de Ned Flanders, de *Los Simpson*. La conversación es como sigue:

—Señor, voy a tener que pedirles que se marchen. Aquí hay familias y están incomodándolas durante la comida.

Las madres parecen preocupadas. Todos tienen la cabeza agachada. Una madre se marcha y protege a sus hijos con su cuerpo al salir. No la culpo. Las demás madres buscan ansiosas a sus camareros, deseando marcharse. Hoy parece que no hay aquí ningún padre. Quizá estén todos trabajando. Al fin y al cabo, son las once de la mañana de un martes.

Perrito Caliente y Hamburguesa responden con una tarjeta. Parece algo laminado. Yo miro por encima de sus hombros. Una copia de la Constitución. ¡Por supuesto!

Hamburguesa es quien responde:

—Dios me da derecho a estar aquí. Tengo derecho a llevar armas. La última vez que lo comprobé, este era un país libre.

Interviene Perrito Caliente:

—Sí. ¡Nuestros antepasados se encargaron de eso!

Estoy segura de que Thomas Jefferson estaría encantado.

Más madres que se marchan, aterrorizadas.

Y yo no puedo evitarlo.

Es algo que no debería hacer, pero lo hago de todos modos.

(Nunca se me han dado bien las normas sociales).

Intervengo.

—¡Buenas tardes, Perrito Caliente y Hamburguesa! ¡Creo que ya es hora de que abandonéis este establecimiento!

3

Creo que he olvidado deciros que mido un metro cincuenta y cinco, tengo el pelo castaño y el color de mi piel es una mezcla entre el blanco del papel y el interior de una patata. Además, estoy por debajo de mi peso porque tengo lo que los médicos llaman «trastorno disociativo», que hace que no me dé cuenta de que tengo un cuerpo y de que debo alimentar dicho cuerpo.

Así que no puede decirse que sea muy grande. Y no tengo aspecto de dura. Y además estoy en mitad de los Apalaches.

Así que os podéis imaginar cómo me miran.

No es una mirada burlona.

Es más bien de incredulidad.

Es más como diciendo... «¿Qué coño está haciendo esta liliputiense?».

Más bien como... «¿Estás de coña, enana?».

Y ahora todos me miran. Las madres. Los camareros. Incluso los niños. Con esas caritas de bebés. Y yo he de protegerlos. No sé por qué siento que es mi trabajo. Pero, por alguna razón, lo es.

Y, extrañamente, es como si no estuviera sucediendo de verdad. Como si, al hablar, hubiera entrado en un universo alternativo.

—¿Qué coño dices? —pregunta Hamburguesa. Parece ser el líder.

—Caballeros, y uso ese término con mucha libertad, me gustaría que se abstuvieran de utilizar esa clase de lenguaje delante de los niños. Muchos de ellos no tienen ni cinco años y no deberían escuchar semejantes vulgaridades. Sin embargo, lo más importante es que me gustaría que abandonaran este establecimiento.

—¿Estás colocada o algo así? —Es Perrito Caliente quien habla ahora. Resulta evidente que él es el cerebro de la operación.

—Voy a contar hasta tres.

Es el turno de Hamburguesa.

—No. Mejor voy a contar yo hasta tres, monada. ¿Qué te parece?

Saca su revólver y me apunta con él.

Vaya, qué rápido se nos ha ido de las manos.

Me vuelvo hacia Ned, el encargado.

—¿Te das cuenta? Asalto con un arma de fuego.

Ned traga saliva y yo me giro de nuevo hacia el dúo barbacoa.

—Que yo sea una monada o no lo sea no es algo que les competa. Además, resulta que tengo un trastorno disociativo. Lo que significa que, cuando me apunta con esa pistola, es como si estuviese apuntando a una desconocida. ¿Lo entienden?

No saben cómo interpretar mis palabras.

¿Quién sabría cómo interpretarlas? Imaginad que os vierais desde fuera de vosotros mismos. Como si fuerais una mosca en el techo que os observa. Y ahora mismo, con una pistola apuntándome en el Applebee's de Altoona, siento como si estuviera viéndome desde fuera.

—Voy a daros una última oportunidad para abandonar el establecimiento.

Se quedan ahí parados.

—¿Estáis seguros? No quiero humillaros delante de toda esta gente. Aunque, a decir verdad, ya os habéis humillado bastante metiendo un arma semiautomática en un Applebee's.

—Cierra la puta boca, zorra.

La pistola sigue apuntándome a menos de medio metro.

—Entiendo. Así que insistís en decir tacos. Yo soy pacifista de corazón, así que...

—Sí, chúpamela, jipi.

—Vamos a contar, ¿vale? UNO...

El encargado y las camareras se miran y se agachan detrás del mostrador.

—DOS...

Las madres protegen a sus hijos y los acercan a las mesas.

—DOS Y MEDIO.

Los tipos se ríen. Les parece ridículo. Creen que estoy haciendo tiempo.

No llegamos al tres.

Si Hamburguesa supiera lo que está haciendo, no me apuntaría con su pistola desde tan cerca. Porque yo podría estirar el brazo, agarrar la pistola, doblarle la mano y apuntarle con ella. Utilizando el ancestral arte marcial filipino de la *eskrima*. Cosa que él no sabe. Y obviamente no sabe que yo lo sé.

Y, seamos sinceros, vosotros tampoco sabíais que yo lo sabía. No es algo de lo que vaya por ahí presumiendo. Eso sería patético. Pero basta decir que mi madre estaba algo obsesionada con el *Muay Thai*, la *eskrima*, el *jiu-jitsu* y el karate de toda la vida cuando yo era pequeña. Y eso significaba que los demás también debíamos obsesionarnos.

Perrito Caliente y Hamburguesa no tienen la culpa.

No es que yo tenga pinta de cinturón negro.

Perrito Caliente intenta agarrarme por detrás, pero, de hecho, esa es la posición perfecta para que yo lo lance por encima de mi espalda contra el suelo. Quiero decir que es justo ahí donde se coloca tu compañero de entrenamiento para practicar esa llave sobre el tatami.

ZAS.

Y ahí va el AK-47. Que cae al suelo y, gracias a Dios, no se dispara. Yo lo agarro justo a tiempo de ver cómo Hamburguesa carga contra mí con todo el peso de su cuerpo. Lo cual sería sobrecogedor. Desde luego. A no ser que utilices todo ese peso pesado de pastelitos en su contra y esperes hasta el último momento para echarte a un lado, de modo que él acaba utilizando su propio peso para estrellarse contra la máquina de chicles.

Bastante humillante.

Si estos tíos no fueran tan imbéciles, sentiría pena por ellos. Pero recordemos quién metió los rifles AK-47 en el Applebee's, ¿de acuerdo?

A Hamburguesa le sangra la cara, lacerada por el dispensador de bolas de chicle. Además, tiene la nariz hecha un desastre. Aunque antes tampoco estaba mucho mejor. Es el momento perfecto para agarrar su AK, lo cual, sinceramente, no creo que le siente muy bien dado su inminente ataque de rabia. Observo que Perrito Caliente se levanta del suelo porque veo su reflejo en el cristal de la máquina de chicles. Se me acerca por detrás.

¿Veis? Si no estuviera presenciando esto desde el techo, probablemente estaría aterrorizada.

Lo que tienen las armas es que siempre puedes utilizar su culata. Cosa que hago. Y ahora él también está tirado en el suelo sangrando. Hamburguesa parece estar aún en estado de *shock*. Perrito Caliente blasfema para sus adentros. Ambos se retuercen en el suelo del vestíbulo del Applebee's.

Y eso es lo que ocurrió.

El personal, el encargado y las madres me miran como si hubiera venido de Plutón.

No se lo vieron venir.

Es un niño de cinco años el que rompe el silencio, el que tiene la camiseta de Batman.

—¿Has visto eso, mami? ¡Ha sido increíble!

Y su madre se permite soltar una carcajada de alivio.

Yo les quito la munición a las armas y se lo entrego todo a Ned Flanders.

—En fin, muchas gracias por dejarme usar sus instalaciones —le digo—. Por cierto, sería conveniente que pusiesen un secador de manos, ya que reducirán costes y se ahorrarán papel. Piénselo.

Paso por encima de Perrito Caliente y Hamburguesa. Y les tiro a la cara su Constitución plastificada, que he recogido del suelo.

—Seguro que George Washington estaría orgulloso.

Y eso es todo. Salgo de allí y dejó a mis espaldas el Applebee's de Altoona, Pensilvania.

Estoy segura de que a los allí presentes les habrá parecido una ensoñación. Pero eso está bien, porque a mí también me lo ha parecido. Ese es mi problema. O mi «crisis/oportunidad», como diría mi madre.

Pero, al margen de eso, tenía que hacer algo.

Odio las armas.

Y si hay algo que odie más que las armas son las armas cuando hay niños cerca.

Soy muy sensible con este tema quizá por la misma razón por la que padezco trastorno disociativo. Todo está conectado con la misma parte del cerebro que, al parecer, está involucrada en las ensoñaciones, las obsesiones y, por supuesto, y llegado el caso, las maquinaciones, también conocidas como «preocupaciones». Está todo en la misma parte. Ya veis. Nada es gratis en esta vida.

Pero lo importante aquí es que yo no sabía que el incidente estaba siendo grabado en vídeo. No tenía ni idea. Y, desde luego, no sabía que ese vídeo iba a cambiar el curso del resto de mi vida.

4

Todos piensan que están muertos.

Mis padres.

Intentan ser amables y me ofrecen palabras de ánimo y de cariño. Me dicen que tenga esperanza. Me dicen que a veces los milagros ocurren. Cosas así. De momento no comentan nada sobre arcoíris y florecitas, pero estoy segura de que no tardarán. Quiero decir que ha pasado más de un año. Así que los discursos esperanzadores resultan cada vez menos convincentes. En particular para aquellos que los pronuncian.

Si hubieran dejado de preocuparse por la gente, nada de esto habría ocurrido. Si hubieran sido como el resto y jamás hubieran visto las cosas malas, si jamás las hubiesen mirado, si hubieran vuelto su atención a la tele y a internet y a todas esas distracciones infinitas, bueno..., es probable que ahora estuvieran sanos y salvos. Protegidos en un capullo tejido por ellos mismos.

Pero no. Ellos no.

Estaban en Estambul en representación de su editorial. Sí, ambos tenían la misma editorial en Turquía. ¡Resulta que los turcos leen mucho! Había una gran feria del libro en Estambul y su editorial los envió para firmar sus respectivos libros y aparecer en programas de televisión y cosas así.

Sí, lo sé. Podría decirse que son famosos. Bueno, conocidos. Los intelectuales nunca llegan a ser famosos. Mi madre es conocida por un libro que escribió sobre las multinacionales, para el que tuvo que ir de incógnito y trabajar en una fábrica de Bangladesh por diez centavos al día. Ese fue el que le valió el premio al Mejor Libro Nacional del que tan orgullosa está. O estaba. Ahora mismo no creo que esté muy orgullosa porque lo más probable es que esté muerta.

Ay.

Sí, lo sé.

Pero seamos realistas, ¿vale?

Y en cuanto a mi padre, su libro, *Del río al mar*, impartido en campus desde Princeton hasta Berkeley, ha acabado convirtiéndose en el libro más influyente en Israel/Palestina. Eso le valió una nominación del Círculo Nacional de Críticos Literarios, pero no ganó. Aquel año el premio de no ficción fue a parar a *The Warmth of Other Suns*, de Isabel Wilkerson. Fue una competición reñida.

Pero ¿en Estambul? ¿En la Feria del Libro de Estambul? Allí mis padres eran como estrellas de rock.

Eso habría estado bien. Perfecto. Maravilloso.

Salvo que...

Mi madre conoció a una mujer que estaba preocupada por su hermana que estaba en Siria. Su hermana era una monja de la misión católica al noreste de Damasco, a medio camino hacia Alepo. En vez de huir del inevitable avance del ISIS, el sacerdote y las monjas decidieron quedarse allí, con su rebaño. Pese a que casi toda la gente del pueblo era musulmana. La idea era que estaba mal abandonar a la gente. Que su deber moral era quedarse.

Y, claro, mi madre quiso entrevistarlos. Conocer esa causa tan noble. A la monja, al sacerdote, al rebaño.

Le aseguró a mi padre que estaría a salvo, pero él insistió en acompañarla. No llegarían más allá de Damasco.

Damasco, cómo no, es el último lugar donde fueron vistos.

Lo pienso una y otra vez, todas las noches, dando vueltas en la cama, intentando encontrar una pista. Una pieza suelta. Quizá la mujer a la que conoció en la feria del libro fuese una infiltrada. Quizá fuese una trampa. ¿Dónde estaba la misión católica? ¿Quiénes eran esas monjas? ¿Siguen vivas? ¿Sigue vivo alguien? ¿Dónde están mis padres?

¿Volverán algún día?

¿Volveré a ver la piel curtida de mi padre? Sus camisas verde caqui con hombreras, siempre con una libreta en el bolsillo. Su pelo revuelto como un científico loco. ¿Volverá a contarme esos chistes tan malos? ¿Volverá a llamarme saco de patatas y me cargará al hombro, aunque yo le diga que soy demasiado mayor para eso y «Oh, Dios, papá, en serio, déjalo ya»?

¿Y mi madre?

Pienso un millón de cosas sobre mi madre y su decisión de contar esa historia en mitad de una zona en guerra. Hasta ahora he procesado quinientos treinta y un pensamientos sobre el tema. ¡Solo me quedan novecientos noventa y nueve mil cuatrocientos sesenta y nueve!

Pero ¿volveré a verla algún día? Su pelo largo y rubio ceniza, sus llamativos atuendos, su aire bohemio, con esos diseños desde Mojave hasta Bombay. Mi madre, con esa inteligencia aguda y esa perspicacia. Así era mi madre: siempre la más lista y, sí, la más rara.

Al principio la gente pensaba que era tonta. Es verdad. Veían a mi padre, con algunos años más que ella, que además parecía mayor tras haberse pasado años en Gaza y en los Altos del Golán. Y veían a mi madre, más joven que mi padre, y de aspecto joven (era vanidosa). Entonces todos daban por hecho que él era un viejo forrado y que ella iba detrás de su dinero. Pero entonces..., entonces mi madre decía alguna cosa durante una conversación y dejaba claro que: 1) no era estúpida y 2) era una especie de genio. Y lo hacía con humildad. Y luego, en algún momento, alguien hacía alguna referencia a su libro superfamoso ganador del premio al Mejor Libro Nacional.

Juego, set y partido.

Creedme. Lo he visto con mis propios ojos más de quince veces. Ocurre a todas horas.

Otra cosa que ocurre a todas horas es que mi madre no para de perderlo todo. Y me refiero a todo. Cuántas veces habrá preguntado dónde están sus llaves cuando las tiene en la mano. Cuántas veces habrá pedido que la ayudes a encontrar su teléfono cuando estás hablando con ella por teléfono. Y la de veces que pregunta dónde están sus gafas cuando las lleva puestas.

Jamás en mi vida he conocido a nadie tan olvidadizo o despistado como mi madre. No es como el típico profesor que no se entera de nada. Va más allá. Es como el típico profesor chiflado y cegato que no se entera de nada. Un ejemplo: no sabe preparar tostadas, es superior a ella. Unas simples tostadas. Lo ha intentado por lo menos diez veces y siempre, siempre, la tostada acaba negra. Ella la corta en trocitos. Incluso en pequeños triángulos ANTES de darse cuenta de que está quemada. Luego se la sirve al desafortunado comensal, normalmente mi padre o yo. Y es entonces cuando sucede, es justo en ese momento cuando lo ve por primera vez, a través de los ojos del otro: «¡Oh, no!», dirá. «¿Cómo ha podido pasar?». Y lo dirá en serio. Se quedará perpleja de verdad.

Llegó hasta tal punto que mi padre y yo tuvimos que esconder el tostador.

—Por favor —insistía mi padre—. Deja de intentarlo. No pasa nada. No tienes que demostrar nada. No son más que tostadas.

Ella respondía:

—¿Estás seguro de que no es una metáfora de mi amor y mi capacidad para crear un hogar estable y feliz?

—Sí. Estoy seguro. No es una metáfora de tu amor y tu capacidad para crear un hogar estable y feliz. Eres una periodista, madre y esposa increíble. Pero, seamos sinceros, las tostadas no son lo tuyo.

—¿No son lo mío?

—No. Eres antitostadas.

Y sonreía, y ella le devolvía la sonrisa.

Ese momento.

Momentos como ese.

Cuánto los echo de menos.

Así era. Él hacía de chef y mi madre se encargaba de decorar la mesa acorde con la temática: «¿Pollo Kiev para cenar? ¡Os voy

30

a enseñar unas preciosas muñecas rusas!», «¿Noche del Cinco de Mayo? ¡Buscaré una piñata! ¡Vamos a hacer flores de papel!». Mi madre tenía la capacidad absurda y adorable de implicarse al máximo. Colgaba farolillos turcos. Alquilaba una máquina de palomitas. Encontraba la manera de proyectar una película sobre una enorme pantalla en el jardín. Una vez incluso contrató a un transformista, lo digo en serio. Lo sé, era muy friki, pero tenía su gracia, no podía negarse.

Creo que eso era lo que a mi padre le encantaba de ella.

Era como una luz.

Él era más atento, más serio, más comedido. Pero ella era una loca. Imaginaos a Ruth Gordon en *Harold y Maude*. ¿No la habéis visto? Ya estáis tardando. En serio.

...

Sigo esperando...

...

Vale, ¿ya habéis vuelto? Bien. Me alegra volver a veros. Ahora que habéis visto a Ruth Gordon en *Harold y Maude*...

Pues así es mi madre.

Era como si todas las cosas terribles del mundo se manifestaran en ella como una rebelión contra la oscuridad. Poseía una exuberancia desafiante.

Y eso es lo que me hace pensar que está viva. Que tiene que estar viva. Que de ninguna manera puede existir un Dios tan cruel o un destino tan nefasto como para dejar morir a un espíritu tan único.

Es que no me lo puedo creer.

Aunque quizá no hago más que engañarme a mí misma.

Quizá ambos hayan muerto.

Y quizá yo soy tonta.

5

A mis tres novios les sorprende que LexCorp esté contratando a gente del campus.

Vale, quizá no sean realmente mis novios. Son más bien tíos a los que veo mucho, pero con los que no puedo comprometerme. Lo sé, es raro tener tres.

Un día de estos todos se casarán con alguna buena chica que diga las cosas adecuadas y que caiga bien a sus respectivos padres, y se mudarán a sus casitas con verja blanca en el jardín y perros llamados Spot.

Pero esa no soy yo.

No sé por qué hago esto, lo de tener tres no novios, salvo por el hecho de que, aunque no quiero tener que aguantar a UNA persona en una RELACIÓN, me da muchísimo miedo estar sola. Cuando estoy sola, me abordan los pensamientos. Cuando estoy sola, me invaden la conciencia todas esas cosas horribles que podrían haber ocurrido, o que están ocurriéndoles a mi madre y a mi padre. Ese es el primer problema.

¿Y el segundo? ¿Recordáis que os contaba lo de mi trastornito disociativo? Eso de que no me veo a mí misma desde dentro, sino desde otra parte. Generalmente desde arriba, o desde un rincón. Bueno, pues eso acaba por pasar factura a tus relaciones. Ya sabéis que en las películas las chicas se emocionan muchísimo cuando un chico se les acerca y les dice algo bonito, o les da un abrazo, o les regala flores. Parece que todas se mueren por convertirse en una preciosa mariposa solo con una caricia, una mirada o un comentario del chico mono de turno. Pues bien, digamos que yo acabé siendo lo contrario a esas chicas. Por ejemplo, si un chico se dispone a besarme muy deprisa, yo me aparto. Me asusta. O, si un chico me mira a los ojos y dice «Quiero estar más cerca de ti», para mí es como una película de terror.

Y yo no quería ser así. No lo pedí.

Es algo que acabó sucediendo por muchas razones de las que quizá podamos hablar más tarde, incluso puede que haga una presentación en PowerPoint.

(También puedo hacer una presentación en PowerPoint explicando por qué las presentaciones en PowerPoint son aburridas).

El caso es que ninguno de esos tres chicos tiene nada de malo. Lo digo en serio. Soy yo. He investigado el problema y el problema soy yo.

¿Queréis conocerlos?

Vale, de acuerdo. Pero, antes de hacerlo, tengo que explicar un poco cómo está la situación.

¿Preparados?

Voy a una universidad para mujeres llamada Bryn Mawr. Es una de las «Siete Hermanas» y lo que todo el mundo comenta de ella es que Katherine Hepburn estudió allí. Las otras seis hermanas son, sin orden concreto, Wellesley, Mount Holyoke, Vassar (la de las debutantes), Radcliffe (la de Harvard), Smith (chicas con perlas) y Barnard (la que está en Nueva York). Normalmente, Bryn Mawr se considera la de las frikis. Además de la más estricta académicamente hablando. Y lugar de lesbianas.

Hay cuatro universidades asociadas a Bryn Mawr: Princeton, Swarthmore, UPenn y Haverford.

Princeton es la escuela hermana oficial de Bryn Mawr, pero es demasiado retrógrada y no tenemos ninguna interacción. Son chicos que aspiran a ser banqueros. Qué asco. Me los puedo imaginar ansiosos por destrozar la economía.

UPenn también se considera parte de la comunidad. Podemos recibir clases allí, pero está en Filadelfia, a veinticinco minutos en tren, así que como si fuera el Tíbet. Además, sus estudiantes son atletas. Puaj.

Swarthmore está más cerca y mola más. Podemos recibir clases allí y ellos aquí. De hecho, el año pasado, cinco chicos fueron conmigo a clase de «Poética y política de lo sublime». Lo sé. Nadie tenía ni idea de lo que iba la clase, pero esos chicos hablaban por los codos. Uno de ellos incluso llevaba coderas en la chaqueta. ¡Coderas!

Y por último está Haverford. Mucho más implicada. Hay un autobús azul que circula entre ambas universidades y nosotras podemos vivir allí, ellos pueden vivir aquí, etcétera. Pero en realidad nadie lo hace, porque esos chicos escuchan a Phish, llevan prendas de franela y juegan al *lacrosse*, y nosotras somos un puñado de lesbianas vestidas de negro que cantan a coro «¡Muerte al patriarcado!» y esas cosas.

A mí, la verdad, no me apetece escuchar a Phish.

Sin embargo, de vez en cuando tiene lugar un fenómeno llamado «Hombre Bryn». Un tío de Haverford que no encaja allí y que decide vivir y estudiar en Bryn Mawr. Tienen que ser bastante fuertes y autocríticos para poder lograr algo así. Pero esos son los chicos más listos. Porque aun así ligan mucho. Listos, ¿eh?

Bueno, ahora que hemos sentado las bases, conozcamos a nuestros solteros.

¡Soltero número uno!

El soltero número uno viene de Allentown, Pensilvania. Único hijo de un médico judío y de una madre devota, fue educado como si fuera un regalo divino para la tierra y tiene por costumbre ser divertido, conciso y sarcástico. De piel morena con unos ojos oscuros y enormes, el soltero número uno mide metro ochenta, es muy delgado y quiere ser director de cine. Sus pasatiempos incluyen ver películas independientes y ver películas independientes. ¡Damas y caballeros, les presentamos a Aaron!

¿Estáis preparados para el soltero número dos? De acuerdo, el soltero número dos viene de la soleada California del Sur. Perdió a su padre siendo muy joven y fue criado por su madre, una mujer germano-estadounidense. Sin embargo, su abuelo por parte de padre era afroamericano. Esta combinación, junto con su sangre alemana, le convirtió en la persona más atractiva del planeta tierra, quizá incluso del universo. Tiene el pelo corto y rubio con tonos castaños, la piel bronceada y un cuerpo de escándalo que le convierte en una especie de muñeco Ken. Pero con cerebro. Sí, señores, el soltero número dos estudia Relaciones Internacionales y es probable que algún día llegue a ser embajador en China. ¡Conozcan a Teddy!

Y, por último, el soltero número tres es un estudiante de intercambio procedente de (suspiro) París, Francia. Desprecia todo lo estadounidense salvo sus Levi's y los cigarrillos Marlboro. Lleva pañuelos en el cuello, estudia Filosofía y su filosofía personal es «ser guapo y odiarlo todo». Tiene la misma barba incipiente en todo momento, aunque no sé cómo es eso posible. Se llama... ¡Patrice!

Ya está, ya los conocéis a todos.

No sé si estáis impresionados o preocupados.

Tranquilos, todos saben de la existencia de los otros. Palabra de honor. O al menos saben que no son mi único chico. Y estoy bastante segura de que les da igual.

(Que conste que estoy segura de que yo tampoco soy su única chica, aunque nunca me he molestado en preguntárselo).

Pero hay algo que sí que tienen en común. En algún momento los tres han mencionado lo mucho que les sorprendía, molestaba y enfurecía que LexCorp viniese a nuestra universidad a contratar a gente.

¿Quién es LexCorp? Buena pregunta.

LexCorp probablemente sea la empresa peor entendida y más diabólica conocida por el hombre. A su lado, Halliburton parece Bambi. Corre el rumor de que la empresa obtuvo un beneficio de más de ochenta mil millones de dólares con la guerra de Irak.

Básicamente con el petróleo. Recuperando petróleo. Cobrando de más al gobierno para que contratara a sus propios trabajadores para extraer petróleo. Y vendiendo petróleo. En un principio era solo una empresa petrolera. Luego decidieron expandirse al carbón, el gas natural y cualquier combustible fósil conocido por el hombre. Pero eso no es todo.

Un dato curioso: ¿sabéis esos tíos que siempre aparecen en las noticias representando la «duda» sobre el cambio climático? Esos que dicen cosas como que «La ciencia no está de moda» y «El calentamiento global es un engaño». Bueno, en realidad, esos solo son unos pocos. Se hacen llamar «expertos». Siempre aparece algo escrito debajo de su nombre, insinuando que pertenecen a alguna «fundación» o algún «instituto» desconocidos.

Pero, si os molestáis en buscar esas supuestas fundaciones y esos teóricos institutos, veréis que normalmente son tapaderas de la industria de los combustibles fósiles. Como, por ejemplo, LexCorp. Así que básicamente LexCorp ha estado pagando millones y millones de dólares desde los años setenta para que esos tipos aparezcan en las noticias y que todo el mundo dude de la realidad del cambio climático y, por tanto, nos condene a todos. Otro dato curioso: muchos de esos tíos son los mismos que decían que fumar no era malo para la salud. Buena gente.

¿No me creéis? Buscadlos. O ved *Merchants of Doubt*. Adelante. Esperaré.

Estoy silbando...

...

Vale, ¿ya lo habéis visto? Genial.

Así que ahora ya sabéis que no soy una loca con alucinaciones paranoides, y también sabéis que nos enfrentamos al calentamiento irreversible del planeta por cortesía de LexCorp.

Incluso tengo una camiseta en la que pone *LexCorp: ¡Nos estamos forrando!* con un diseño supercursi típico de anuncio de los años cincuenta. Más o menos como la letra que se usaba en las postales antiguas. Os encantaría. Os compraré una si sois buenos conmigo.

Os contaré algo gracioso: LexCorp está realizando las entrevistas en la habitación del suicidio de Bryn Mawr. Ellos no saben que es la habitación del suicidio. Creen que solo es el salón Vandevoort, porque eso es lo que pone en la placa. Pero lo que no saben es que hace cincuenta años Tisley Vandevoort, heredera y debutante, se suicidó en esa misma estancia. Salió en las páginas de sociedad. Un verdadero escándalo. Su familia, traumatizada, le dedicó este precioso y elegante salón en Denbigh Hall. Creo que la idea era dar a las estudiantes de Bryn Mawr un lugar en el que relajarse, pensar y meditar en vez de suicidarse. Lo que LexCorp no sabía era que nadie en Bryn Mawr entraría jamás en esa habitación. Porque, ya sabéis, sería un suicidio.

El hecho de que LexCorp esté realizando sus entrevistas en la infame habitación del suicido me hace pensar que hay alguien con mucho sentido del humor en el comité organizativo de la feria del trabajo.

Apuesto a que fue su manera de rebelarse por tener que inscribir a esta empresa. Bien jugado, desde luego. Pero LexCorp no se puede salir con la suya tan fácilmente.

No sé por qué creo que es mi trabajo, pero lo es. No descansaré hasta que alguien le cante las cuarenta a LexCorp por toda esa degeneración.

Si estáis tratando de adivinar lo que estoy haciendo ahora mismo, probablemente hayáis acertado.

Estoy atravesando el jardín por un camino rodeado de árboles, en dirección a Denbigh Hall.

Hacia la habitación del suicidio.

Para reunirme con LexCorp.

6

He de reconocerles el mérito a los Vandevoort. Sabían lo que hacían. Es probable que esta sea la sala más exquisita del campus. Alfombras persas, mesas de caoba con gárgolas talladas en las patas, jarrones de la dinastía Ming, óleos de escenas pastorales con caballos. En serio, esos tíos sabían cómo darle un toque de elegancia.

En el otro extremo de la sala hay una preciosa zona para sentarse. Dos sillones de orejas con estampados chinos, en tono azul marino con una especie de pájaros, frente a un sofá azul marino con un dibujo a juego. En el diseño aparece también el color coral para hacer contraste. Eso es lo que tienen los lugares elegantes: hay cierto sentido del humor que no se aprecia en las películas. Un aire como de juego.

Al otro lado de la sala, sentado en uno de los sillones de orejas, de cara a la ventana, hay un hombre. No le veo la cara, pero tiene el pelo castaño. Y parece tener mucho.

Es el enemigo.

Es el entrevistador de LexCorp.

Debe de tener una especie de sentido arácnido, porque se levanta y se vuelve hacia mí en cuanto entro en la habitación. No he hecho ni un solo ruido.

Y ahora me mira.

Mmm...

Mirad, esperaba que fuese calvo, achaparrado y con ese bronceado artificial que suelen tener los ricos. Bronceado tipo Trump.

Pero este hombre no es ninguna de esas cosas.

Es alto y tiene la piel bastante clara. Además, tiene un aspecto muy... *cool*. Lleva un traje elegante y entallado a medio camino entre el gris y el azul marino. No me lo esperaba así. Y no estoy segura, pero parece haber electrones dando vueltas a su alrededor.

Se detiene un segundo. Me mira.

¿Quizá yo también tengo electrones a mi alrededor?

Ambos nos quedamos ahí parados durante un momento que se hace bastante incómodo.

Entonces él vuelve en sí.

—¿Paige... Nolan? ¿Es correcto?

—Así es. Nolan. Como Golán. Como los Altos del Golán. El lugar arrebatado a Siria y ocupado por Israel durante la guerra de los Seis Días, territorio que Israel anexionó en 1981, pero que sigue siendo un asunto polémico, *évidemment*.

(Eso es «obviamente» en francés).

Se queda mirándome.

A veces me pasa esto. La comunicación con otros seres humanos nunca ha sido mi fuerte.

Ahora compartiré con vosotros la siguiente parte de la entrevista, que consiste en una especie de baile multilingüe. No os preocupéis, os lo traduciré, lo prometo.

—*J'ai remarqué que vous parlez français couramment. Vous considérez-vous d'être un peu français?* —me pregunta.

¿Que si me considero medio francesa? En realidad no es eso lo que me está preguntando. Así que le respondo *en français*:

—Uno puede ser francés o no serlo. ¿Lo que quiere decir es si lo desprecio todo y odio a los estadounidenses, como hacen los franceses?

—*Quelque chose comme ça* —Me sonríe. «Algo así».

Qué listillo. No tiene ni idea de con quién está tratando. Cambio al ruso.

40

—*Pochemu by ne sprosit' menya, yesli ya schitayu sebya svoyego roda russkiy yazyk?* —«Entonces, ¿por qué no me pregunta si me considero medio rusa?».

—*Prekrasno. Schitayete li vy sebya byt' svoyego roda russkiy?* —«De acuerdo. ¿Se considera medio rusa?».

Ah. Así que es trilingüe. Qué aburrimiento. Empiezo a hablar en chino informal, que estoy segura de que él no habla.

—*Yěxǔ wǒ rènwéi zìjǐ shì nà zhǒng zhōngguó rén. Zhéxie gong-si de búxié, yīnwéi xiǎng nǐ képà de gongsî zhǔyào shi méiguo.*

«O quizá me considere china. Todos esos países desprecian a Estados Unidos principalmente por empresas de mierda como la suya».

—*Sie sprechen von unserer Firma, in denen Tausende von Menschen weltweit arbeiten. Das bringt Brot in den Tisch.*

(Dice que emplean a miles de trabajadores por todo el mundo. Que eso hace que tengan pan en la mesa).

—*Brot in den Tisch! Es gibt keinen Tisch! Es gibt kein Haus! Es gibt nur eine Kartonhütte für die ganze Familie!*

(Mi respuesta: «¡Pan en la mesa! ¡No hay mesa! ¡No hay casa! ¡Solo hay una choza de cartón para toda la familia!». Es entonces cuando me doy cuenta de que hemos cambiado al alemán).

—*Spichst du auch Deutsch?*

—Sí. Me enseñó alemán un comunista. Mi tío Marx. —Un chistecito.

—*Touché.* —Parece que lo ha pillado.

Nos quedamos mirándonos. No es un momento de frialdad. En realidad nos estamos evaluando el uno al otro, nos encontramos en un punto muerto.

—Ahora que hemos terminado con eso, encantado de conocerte. Me llamo Madden. Carter Madden.

Yo resoplo.

—Carter. ¿Madden? ¿Eres el personaje de una telenovela?

—Créeme. Ojalá mis padres me hubieran llamado John o Steve.

Extiende la mano. ¿Le estrecho la mano a este hombre? Es la mano de LexCorp.

Vacilo. Él retira la mano. No parece enfadado exactamente. Es otra cosa.

—Siéntate.

Señala la zona de los asientos y, a los pocos segundos, estamos sentados cara a cara en nuestros respectivos sillones. Muy elegante.

Supongo que una entrevista normal tendría lugar tras un escritorio, pero imagino que en Bryn Mawr hacen las cosas de un modo diferente.

—Así que, ¿eres fan de Sean Raynes?

—¿Qué? ¿Cómo lo has sabido?

—Aparece por todas partes en tu Twitter.

—¿Por qué has investigado mi cuenta de Twitter?

Retrocedamos un momento y hablemos de Sean Raynes. Aunque ahora la gente solo le llama Raynes. Así de famoso es. Y su nombre es sinónimo de soplón.

Esto es lo que ocurrió.

Raynes era/es un gran pirata informático. El primero de su clase en el MIT. Un genio de la tecnología. Un friki de la informática. Una superestrella. Al graduarse, un año antes de lo previsto, como haré yo, lo contrata la CIA. En el sector tecnológico. Para defenderlos de piratas cibernéticos, ataques terroristas y ese tipo de cosas.

Y todo eso está muy bien. Hasta que Raynes se da cuenta de que está ocurriendo algo horrible y que, en realidad, no es culpa de los piratas cibernéticos.

De hecho, se da cuenta de que la CIA ha puesto un microchip en TODOS los teléfonos móviles que se venden en Estados Unidos. El microchip permanece inactivo. No es para tanto. Hasta que tú, o tu madre, o tu hermano, o tu amigo, hacéis algo mínimamente sospechoso. Y repito *mínimamente*. Cosas como... ir de vacaciones a Estambul, visitar a parientes en Cuba, pasar un verano en San Petersburgo. Cualquier cosa. En ese caso, te ponen en una lista. Y el chip se activa.

Ahora pueden seguirte. Pueden localizarte. Vayas donde vayas, ellos lo saben.

Y esa lista de «supuestos terroristas» debería contener entre diez mil y veinte mil nombres, ¿no? Error. La lista tiene más de dos millones de nombres.

Más de dos millones de personas rastreadas a diario por la CIA mediante sus teléfonos móviles.

Sí.

El Gran Hermano está en todas partes.

Así que Sean Raynes lo descubre. Sean Raynes tiene una crisis de conciencia.

Sean Raynes sabe que lo que está haciendo el gobierno está mal; sabe que es una violación de la Constitución y de nuestro derecho a la intimidad. Pero además es un buen tío, un patriota, un defensor de Estados Unidos y de todo lo que representa.

Así que se lo piensa. Lo sopesa, se retuerce las manos y se pasa muchas noches sin dormir.

Y al final le da la primicia a la CNN.

A Anderson Cooper, nada menos.

Y, mientras las televisiones se hacían eco de la historia, Raynes, que volaba hacia Nepal, se vio obligado a aterrizar en Moscú. Donde vive actualmente en una especie de estado de purgatorio.

Putin se niega a extraditarlo, puesto que es una vergüenza para el gobierno estadounidense. Y, mientras tanto, en Estados Unidos, cada vez está más claro que este tío es un héroe.

Le están levantando estatuas, ilegalmente, en lugares desde Williamsburg, en Brooklyn, hasta Echo Park, en Los Ángeles. En Austin, Texas, incluso celebraron un desfile en su honor.

Pero, para muchos otros estadounidenses, es un traidor.

Adivinad de qué lado estoy yo.

Pero volvamos a la reunión elegante, ¿vale?

—No entiendo por qué investigan mi cuenta de Twitter.

Madden finge interés en mi currículum.

—Tú concertaste una entrevista con nosotros. ¿No te parece una información relevante?

—Creo que la única información relevante es que trabajas para una empresa que, ella solita, ha estado retrasando las medidas contra el cambio climático durante treinta años, condenándonos a todos al calentamiento global.

Madden levanta la cabeza.

—Creo que es información relevante que tu empresa obtuviera un beneficio de miles de millones de dólares con una guerra injustificada que acabó con la vida de cientos de miles de personas, muchas de ellas mujeres y niños.

Él ladea la cabeza y mira por la ventana.

—Sí, soy consciente de tus opiniones.

Un momento. ¿Qué?

—Entonces, ¿por qué..., por qué estamos...? ¿Esperabas convencerme de lo contrario?

—No, de hecho no. Solo esperaba conocerte.

—¿Perdona?

—Y, ahora que lo he hecho, he quedado satisfecho. *Arigatou gozaimashita*.

(Eso último es japonés. Traducido literalmente significa «Hemos pasado un rato agradable». Pero es una manera de dar las gracias. De despedirse).

Y así, sin más, Madden sale por la puerta.

Y yo me quedo ahí.

En la habitación del suicidio.

Pensando en lo que acaba de ocurrir.

No.

No, no, no, no, no. Esto no ha terminado. Me niego a que LexCorp tenga la última palabra.

Decido ponerme en contacto con el jefe de este tío. No sé qué tipo de operaciones están llevando a cabo allí, pero me gustaría entender por qué iba alguien a investigar mi cuenta de Twitter antes de llevar a cabo la entrevista.

La secretaría se encuentra al otro lado del jardín, así que no me cuesta ningún trabajo pasarme. Es un pequeño edificio de piedra gris que originalmente albergaba el salón de estudiantes de Bryn Mawr. Dentro está todo lleno de polvo y de montañas de papeles.

Asomo la cabeza para ver a la secretaria.

—Hola. Siento molestar. ¿Cree que sería posible conseguir el número de teléfono de su contacto en LexCorp?

La secretaria levanta la cabeza. Es una pelirroja con gafas sujetas a una cadena y una chaqueta de punto color bermellón.

—¿Disculpa?

—El contacto de LexCorp. Me preguntaba si podría darme el número.

—Lo siento, estoy un poco confusa...

—Acabo de tener una entrevista muy extraña.

—¿Con quién?

—Con LexCorp. Habían venido para contratar a gente.

Ella se quita las gafas y se queda mirándome.

—Es una broma, ¿no?

—¿Por qué iba a ser broma?

—Jovencita, LexCorp tiene prohibida la entrada a nuestro campus desde 1978.

7

En este momento debería abandonar el campus sin mirar atrás.

Porque, ¿qué diablos ha sido eso?

Pero, claro, no es eso lo que hago.

En su lugar, sigo con mis cosas, pensando que quizá esta falsa entrevista con LexCorp haya sido producto de mi imaginación, una alucinación, nada más.

Al fin y al cabo, tengo exámenes que estudiar, trabajos que escribir y libros que leer. No es que tenga todo el tiempo del mundo para pensar en la aparición fortuita de una persona particularmente llamativa que conocía mi nombre y fingió una entrevista de trabajo. ¿Extraño? Sí. ¿Posible amenaza para mis calificaciones generales? No. Ni hablar.

Y el bálsamo que utilizo, la respuesta para calmar mis pensamientos, es, sin duda, uno de mis tres no novios. A cualquier hora del día o de la noche puedo escribir a Aaron de Allentown, a Teddy de Santa Mónica o a Patrice de París. Nada serio. Sin preguntas. Sin respuestas. Sin dolor.

Esos mensajes aleatorios tienen lugar con bastante frecuencia.

Cuando los libros están leídos y los trabajos escritos, llega ese momento, la hora bruja, en el que lo último que deseo hacer es pensar, pero lo único que puedo hacer es pensar e imaginar y desesperar. Desesperar de verdad. Hasta el punto de volverme catatónica. Incapaz de salir de la cama. Incapaz de moverme. Petrificada.

He logrado localizar ese momento; el momento inmediatamente anterior al descenso en caída libre. Y en ese momento es en el que he aprendido a enviar mensajes. Mensajes sin más. A Aaron. A Teddy. A Patrice. Y me voy con el que conteste primero. Huyo del abismo. Prefiero un bálsamo. Un chico que me distraiga. Un chico para no pensar.

Pero esta noche en particular, ha llegado ese momento. He escrito mensajes, pero sin éxito. Son las once y no hay rastro de los chicos. No están.

Estoy ahí sentada, contemplando los listones de madera del suelo de mi habitación. Son tirando a beis. En nuestra antigua casa, en Berkeley, mi madre insistió en tener suelos de color marrón oscuro. Una especie de color alpino asociado a las cabañas. Pero, claro, las paredes eran blancas. Era un contraste bastante fuerte que resultaba ser perfecto. Con mi madre siempre era así. Mezclaba cosas que a cualquier otra persona le resultarían estrambóticas, jamás se te ocurriría y, sin embargo, al mirar el conjunto te quedabas perpleja. Te preguntabas: «¿Cómo lo ha hecho?».

Estoy usando otra vez el tiempo pasado.

Para describir a mi madre.

Tengo que salir de aquí.

Hay un camino detrás de mi residencia, colina abajo, que atraviesa el bosque, vuelve a subir por otra colina y llega hasta el pueblo. Al llegar al campus, atraviesa el jardín y pasa por delante del estanque de los patos. Ahora mismo el campus está dormido o escribiendo trabajos frenéticamente bajo la luz de una lamparita, de modo que no se oye nada. Ni siquiera ruido blanco. O un coche que pasa. A lo lejos, por encima de los árboles, hay algunas ventanas encendidas en la residencia. Las aves nocturnas.

Nunca antes me había fijado. Aquí hay una pequeña arboleda de olmos y, en la parte de atrás, una plaquita bajo una estatua de cobre. Es la estatua de un hombre que tiene un ancla colgada de la cintura. Pero él mira hacia el otro lado, en dirección contraria al peso del ancla, negándose a ceder. En la placa, iluminada por una luz muy tenue, hay escrito un poema:

NO ENTRES DÓCILMENTE EN ESA BUENA NOCHE

No entres dócilmente en esa buena noche,
Que al final del día debería la vejez arder y delirar;
Enfurécete, enfurécete ante la muerte de la luz.
Aunque los sabios entienden al final que la oscuridad es lo correcto,
Como a su verbo ningún rayo ha confiado vigor,
No entran dócilmente en esa buena noche.
Llorando los hombres buenos, al llegar la última ola
Por el brillo con que sus frágiles obras pudieron haber danzado en
*   una verde bahía,*
Se enfurecen, se enfurecen ante la muerte de la luz.
Y los locos, que al sol cogieron al vuelo en sus cantares,
Y advierten, demasiado tarde, la ofensa que le hacían,
No entran dócilmente en esa buena noche.
Y los hombres graves, que cerca de la muerte con la vista que se apaga
Ven que esos ojos ciegos pudieron brillar como meteoros y ser alegres,
Se enfurecen, se enfurecen ante la muerte de la luz.
Y tú, padre mío, allá en tu cima triste,
Maldíceme o bendíceme con tus fieras lágrimas, lo ruego.
No entres dócilmente en esa buena noche.
Enfurécete, enfurécete ante la muerte de la luz.

Dylan Thomas

No sé el tiempo que me quedo allí, paralizada por ese mensaje nocturno. Esa misiva. En la oscuridad, en esa zona de hierba solitaria, me parece como si el poema estuviera dedicado a mí. Solo a mí, que he acabado aquí sin ninguna razón. Miro a mi alrededor. Por supuesto, no hay nadie. Solo la estatua secreta y yo. ¿De verdad está aquí?

Me quedo ahí parada durante un tiempo y miro al cielo. No. No encuentro respuesta allí.

Solo estas palabras y este momento.

Doy unos pasos hacia atrás, aún confabulada con la estatua, antes de volver al camino. Este camino conduce hacia el pueblo, deja atrás las arboledas tranquilas que estimulan la meditación y se dirige hacia el ruido ensordecedor. Hacia el olvido.

En el pueblo hay una hilera de bares: el Night Owl, Footsies, el Gold Room, el Lamplighter, el Short Stop... La clase de bares con bancos rojos, muchos parroquianos y universitarios mezclados. A veces incluso alguna pelea de borrachos. Lugareños contra universitarios. Suelen ganar los lugareños.

Diez manzanas más adelante, solemne y señorial, hay una finca reconvertida de estilo Tudor, un hotel en lo alto de la colina, oculto por la maleza, con sus lucecitas encendidas que asoman entre las hojas.

Sin darme cuenta voy en esa dirección. Paso por delante de los bares. No pienso entrar en ninguno de ellos. Lo último que quiero es encontrarme con alguien de clase. O, peor aún, encontrarme a uno de mis no novios con otra chica. Eso sería deprimente. O, al menos, incómodo.

No. Me dirijo hacia el hotel escondido.

Es el hotel Tillington.

Fundado en 1863.

Supongo que se llama Tillington porque esa era la familia original, la finca original. A saber dónde estarán ahora, aunque sin duda dejaron atrás un bonito lugar.

Es uno de mis lugares predilectos. Al ser de estilo Tudor, todo en su interior es oscuro y marrón. Hay velas por todas partes, de modo que da un poco de miedo. Tienen un comedor con manteles blancos, chimenea y vigas de madera oscura en el techo. También hay una cafetería informal para comprar sándwiches. Y un patio interior para comer con enormes ventanales y cerezos alrededor. Muy romántico. Pero ahora mismo todos esos lugares están cerrados. No. Lo único abierto es un antro de bar que huele a décadas de *whisky* escocés. Las paredes aquí son de roble oscuro y telas con diseño Príncipe de Gales. Todo muy pijo.

En Bryn Mawr tenemos la tradición de heredar carnés de conducir caducados, perdidos o falsos, y he de confesar algo: yo me beneficio de esa tradición. El camarero esta noche es nuevo y se mueve con cierta torpeza. No es feo. Me da la sensación de que podría tener un gato. Parece sensible.

Al principio estamos los dos solos hablando de nada en concreto. Pero entonces entra tambaleándose un tío que no parece encajar en un lugar así. Es bajito y lleva traje, con el nudo de la corbata aflojado y la cara roja. Desde luego parece que ya ha bebido bastante.

—*Whisky*. Solo.

El camarero asiente y le sirve una copa. Ahora el ambiente parece más cargado. El camarero sale un momento para hacer lo que sea que hagan los camareros, quizá llamar a la niñera de su gato.

El tío de la cara roja se gira hacia mí.

—¿Qué hace una chica guapa como tú tan sola?

Este es el tipo de persona que trato de evitar a toda costa. Borracho y arrogante.

Me encojo de hombros. Eso significa «no me hables».

—¿Tienes novio?

Puaj. Apenas muevo la cabeza para decir que no. Por favor, deja de hablar. Por favor, camarero, vuelve.

—¿Y quieres tenerlo?

Me dirige una sonrisa ebria y se inclina hacia mí.

Oh, Dios.

—Mire, eh, la verdad es que no estoy interesada...

Debería haberlo sabido por todas las señales que le estaba mandando, pero nooooo, me ha obligado a decirlo.

Y ahora se ha cabreado.

—Bien. Como si a mí me interesara. Ni siquiera estás tan buena, con esas tetitas tan ricas.

Esto sí que es relajante. La idea era ir a un sitio tranquilo para estar sola (sin estarlo), pero ahora tengo que soportar las insinuaciones y los insultos de un borracho. Ser chica es genial, ¿verdad?

Ahora no solo estoy molesta, sino cabreada. De hecho, estoy cabreada por todas las chicas que tienen que soportar insultos e insinuaciones en lugares públicos. Es insoportable, porque no puedes ganar; no lo deseas, no lo has pedido, pero sucede a todas horas. Y no solo en un bar. También cuando vas caminando por la calle. Y nos ocurre a todas.

Me giro hacia él.

—Mis tetas no están ricas.

Me termino la copa.

—Te estarás refiriendo a mi coño.

Señalo hacia mis pantalones. Después, paso frente a este imbécil, salgo por la puerta y me siento tremendamente satisfecha.

Sí, ya sé que ha sido un poco extremo, pero que le jodan.

Me dispongo a salir del elegante vestíbulo del hotel Tillington cuando lo veo.

El hombre del traje.

No el borracho, sino el hombre delgado de traje. El de la entrevista. Allí sentado.

¿Cómo se llamaba?

Madden.

Bien. Estoy alterada y es evidente que el destino le ha puesto en mi camino por alguna razón.

Es hora de buscar respuestas.

8

—¡Eh! Muy buena entrevista falsa, psicópata.

Sonríe. Debería pasar de él y llamar a la policía, pero al parecer mis pies tienen otra idea.

—Sabía que podría parecer extraño.

—¿Extraño? Oh, no. No, es normal. Acostumbro a ir todos los días a entrevistas falsas con multinacionales de la industria militar.

—*Touché.*

Tiene el portátil encima de la mesa. Lo gira hacia mí y veo que en la pantalla hay un vídeo en pausa. Le da al *play*.

—Esta es mi parte favorita. —Sonríe mientras mira la pantalla.

Tardo un segundo en darme cuenta de que se trata de un vídeo de seguridad en el que aparece una chica peleándose en un restaurante.

Y esa chica soy yo.

—Pero qué...

—Esta parte tampoco está mal.

Señala la pantalla cuando lanzo a Perrito Caliente por encima del hombro.

No puedo evitar quedarme mirando mientras el vídeo avanza. Hasta el final, hasta la parte en la que salgo por la puerta del Applebee's.

—Bonita frase, por cierto.

—¿Perdona?

—Lo de George Washington. Un toque distinguido.

Lo miro. ¿Estaré soñando? En serio, ¿qué narices es esto? Empiezo a sentir que estoy en peligro.

—Bueno, voy a llamar a la policía.

—Buena suerte.

Este tío tiene algo, una especie de calma y de seguridad en sí mismo que no resulta llamativa, pero que de alguna manera prevalece.

Quizá sea un truco, pero, por alguna razón, no le tengo miedo. Y desde luego debería tenérselo. Teniendo en cuenta que me está acosando.

—Pues me marcho. Encantada de volver a verte, acosador. No me cabe duda de que lo próximo que oirás es a un agente de policía informándote de tus derechos.

Y vuelve a sonreír.

—¿No quieres saber cómo he conseguido esto?

Ahí me ha pillado. Porque claro que quiero saberlo. Además de otras muchas cosas.

—Quizá.

—Bueno, para tu información, estaba en YouTube. Tenía cien visualizaciones antes de que llamase mi atención. Y lo retiré. De nada.

—¿Que llamase tu atención?

—A no ser, claro, que esperases convertirte en un fenómeno viral, cosa que creo que habría sido bastante posible. Lo siento si he chafado tus sueños.

—Vale, primero, ¿de qué estás hablando? Y segundo..., ¿de qué estás hablando?

—Estoy hablando de una chica que habla cinco idiomas, es cinturón negro en *jiu-jitsu*, tiene un cociente intelectual bastante alto...

—Es *eskrima*. ¿Y cómo sabes cuál es mi cociente intelectual? Eso no aparece en mi currículum.

Me sonríe como el gato de Cheshire.

—Es un farol. Te lo estás inventando todo.

—Ciento cincuenta y tres.

—¿Qué?

—Tu cociente intelectual es de ciento cincuenta y tres. Te hicieron la prueba cuando tenías cuatro años. En Berkeley. En 2001. Antes del once de septiembre, claro.

—Vale, esto se está poniendo raro y yo me marcho.

Salgo por la puerta del Tillington y giro a la derecha. Debería haber sabido que este tío era un sociópata. Probablemente tenga un sótano lleno de órganos humanos en tarros de cristal y, al fondo, muchos ganchos y poleas. ¿En qué estaría pensando para ponerme a hablar con él así?

Estoy a mitad de camino del campus cuando miro hacia atrás. No hay nadie. O le he perdido o no se ha molestado en seguirme. No sé por qué.

Sigo caminando paranoica por el jardín, con la luna brillando entre las hojas de los árboles. Hasta que cierro con llave la puerta de la residencia no me permito respirar aliviada.

Tengo que recorrer un largo pasillo y después girar a la izquierda para llegar a mi habitación. No tendría por qué pasar nada en ese trayecto, hasta que doblo la esquina y se me abalanza.

—¡Bu!

Doy un brinco de medio metro.

No es el sociópata, gracias a Dios.

Es el soltero número uno. Aaron.

—Buenas noches, guapa. He venido para resolver el misterio de la estudiante desaparecida, es decir, tú.

—Dios, me has dado un susto de muerte. No hagas eso. Creo que he muerto durante dos segundos.

—Esas son las consecuencias de los mensajes sin contestar. ¡Y ahora a tu habitación!

Es difícil que no me guste Aaron. Sacó un dieciocho en su tirada de carisma. Sí, es una referencia a Dragones y Mazmorras. No me juzguéis.

Antes de que me dé cuenta, Aaron se está enrollando conmigo contra la pared. Y me parece bien. De hecho, eso era lo que deseaba.

Un chico. Una distracción.

Y aun así no puedo dejar de pensar en ese estúpido sociópata.

9

Esto es lo que he soñado: estoy en mitad de un océano inmenso y negro. En una barca diminuta, con el cielo iluminado por un millón de estrellas y todo brillante a mi alrededor.

Contemplo los kilómetros y kilómetros de mar en calma, casi como si fuera una lámina de cristal negro y liso. No hay una sola nube en el cielo, pero el aire es fresco. Hace frío y veo mi aliento al respirar. Tengo los labios morados. Estoy dentro de mí misma y a la vez fuera. Primero soy yo y después me veo desde fuera, y otra vez vuelvo a ser yo.

Miro hacia el horizonte con los ojos entornados y veo tierra firme. ¡Tierra! Contengo el aliento. Agarro los remos y trato de dirigirme hacia allí. Pero no hay razón para ello. Tengo el viento detrás y me empuja suavemente hacia allí.

Según me acerco a la orilla, me doy cuenta de que no es tierra firme, sino un archipiélago de islas pequeñas, cientos de islas, con el mar serpenteando entre ellas.

Me acerco todavía más y me doy cuenta de que no es una colección de islitas. Es una colección de cuerpos. Miles de cuerpos. Una especie de cementerio flotante.

Y ahora mi pequeña barca de madera navega entre ellos, formando un río a través de los cadáveres, y yo intento no mirar.

Son horribles. Caras amoratadas, ojos abiertos, mirándome, con las bocas abiertas.

Y quiero gritar o llorar o hacer algo, pero no hay nada que pueda hacer. No me sale ningún sonido. Estoy muda.

Y entonces un cuerpo se acerca a la barca y veo quién es.

Mi padre.

Pasa flotando junto a mí en aquel mar de cadáveres y yo intento atraparlo o hacer algo, pero sigue avanzando y se aleja junto con la marea de almas perdidas. Y entonces ella también pasa junto a mí.

Mi madre.

Sus ojos me miran. Su melena larga y beis flota alrededor de su cabeza como si fueran algas.

Y es entonces cuando me despierto con un grito ahogado. Me despierto y estoy empapada en sudor, temblando y casi sin aire.

Durante unos segundos siento que la cama es la barca, que sigo en el sueño.

Pero vuelvo a ver las paredes y el suelo y mi teléfono sobre la mesilla.

Son las tres de la mañana.

La hora bruja.

Las tres de la mañana es la hora perfecta para aferrarte a quienquiera que esté en tu cama como si te aferraras a un bote salvavidas.

Las tres de la mañana es la razón por la que llamaste a esa persona en un principio.

10

Cuatro días más tarde recibo una nota de la decana. He de reunirme con ella en Royce Hall el martes. Ese es el edificio de Dirección. Allí realicé la entrevista de admisión, pero ese suele ser el único momento en el que una estudiante pone un pie allí.

No puedo evitar preguntarme a qué vendrá todo esto. ¿Habrá pasado algo? ¿He hecho algo malo? Mi imaginación se alía con mi neurosis para pensar en todos los problemas en los que podría haberme metido. Hasta ahora lo único que se me ocurre es el carné falso. No puede ser algo relacionado con mis notas o con mi plan de estudios. No hay nadie tan meticuloso como yo cuando se trata de hacer las cosas como es debido.

Y sin embargo ahí está, esa nota tan poco específica para reunirme con la decana.

—Quizá quieran otorgarte el premio a la Chica Más Rara de Bryn Mawr.

Ese es Teddy. Que resulta que está tumbado en su cama en calzoncillos. Lo sé porque yo estoy tumbada a su lado. En ropa interior.

—Gracias. Muy halagador.

—Quizá quieran ofrecerte alguna beca o algo así. ¿No eres doña perfecta?

Se inclina para darme un beso en el cuello.

—Quizá sea una beca sexi, porque eres muy sexi. Una beca para acostarte conmigo.

—Mmm. Me parece un premio muy prestigioso.

—Oh, desde luego que lo es. Muy valorado. Lo único que está por encima es la Beca de la Novia. Deberías intentar aspirar a esa. El único requisito es conocer a los padres.

Lo miro. Él arquea una ceja.

Teddy quiere que sea su novia. Lo quiere porque es un buen chico de California con una madre que le educó bien. Es un chico sano capaz de relacionarse sin problemas con otros seres humanos.

Fascinante, ¿verdad?

—Sería un honor que me ofrecieran esa beca, pero no sé si estaría a la altura de los requisitos.

Él pone los ojos en blanco y se levanta para cerrar la ventana.

—Empieza a hacer frío aquí.

Creo que con eso quiere decir muchas cosas a la vez. Cuando regresa se tumba en el otro extremo de la cama. Ya no hay contacto humano.

De acuerdo. ¡El consuelo de la pantalla! Otra vez a ver capítulos de *Borgen* sin parar. Es una serie danesa a la que ambos nos hemos enganchado. No sé cómo, porque la sinopsis resulta muy aburrida y la serie tiene un ritmo que podría superar hasta un caracol. Pero, Dios, estamos enganchados.

Tres horas más tarde salgo de su residencia con amplios conocimientos sobre la política parlamentaria danesa.

Estoy atravesando el jardín cuando aparece Patrice. Con un pañuelo perfectamente colocado sobre sus hombros y alrededor del cuello, claro está. Creo que nació con ese pañuelo. Parece muy serio. Siniestro.

—¿Patrice?

Levanta la mano a modo de saludo apático.

—¿Qué haces aquí? ¿Estás bien?

—Sí. ¿Tienes un momento? Tengo algo que decirte.

—Eh, claro. ¿De qué se trata?

—Quiero romper contigo.

—¿Qué? ¿Por qué no me lo habías dicho?

Parece confuso.

—Te lo estoy diciendo ahora.

—Pero... ¿por qué?

—Porque eres demasiado estadounidense.

—¿Me lo dices en serio? ¡Hablo cinco idiomas! Odio las cadenas de restaurantes. Y...

—Eres más estadounidense de lo que crees.

—¿De verdad? ¿Y eso?

—Para ti todo el mundo es desechable. No hay corazón. Nada. Solo logros. *En fait*, eres una neurótica con esos logros. Solo piensas en eso. No puedes vivir el momento. No te lo permites. Estás demasiado ocupada pensando en el futuro. Intentando controlarlo. Pero eso es imposible. No hay nada. No hay pasado. No hay futuro. Solo existe el ahora.

Vaya. Supongo que lleva tiempo pensando en esto. Este discursito es... realmente impactante.

—De acuerdo..., ¿algo más?

—He conocido a una chica. Es francesa.

—Ah.

—Lo siento.

—¿Y habla cinco idiomas?

—No.

—¿Cuántos idiomas habla?

—Francés. Y un poco de inglés.

—¡Ja!

—¿Lo ves? Es la respuesta más infantil que puedo imaginarme. Eres una auténtica estadounidense.

—¿Sabes qué? Vale. Yankee Doodle. La bandera estadounidense. Coca Cola, lo que sea. ¡Dame un Starbucks o mátame! Tienes razón. Me chifla todo eso. Tú en cambio estás chiflado, a secas. Gracias por decírmelo.

Él asiente con la cabeza y se marcha.

—¡Deberías enseñarle a hablar inglés! —le grito—. ¡Es el idioma de los negocios! ¡Y de la ciencia! ¡Y de los petrodólares! Sabes lo importantes que son los petrodólares, ¿verdad? ¡Por eso derrocamos a Saddam y a Gadafi! ¡Y eso es solo el comienzo!

Él sigue alejándose.

Vale, de acuerdo. ¡De acuerdo! Si quiere ir a hacer francesadas con una francesa, me parece bien. Por mí como si comen *baguettes*, cocinan caracoles y desprecian a los estadounidenses.

No debería importarme. No hay ninguna razón. Ni siquiera era mi novio.

—No es más que tu ego, Paige —me digo a mí misma—. Nada más. Es una cuestión de ego.

Alguien pasa junto a mí mientras hablo sola.

Yo saludo sin ganas.

—Eh, hola. Hablo sola, nada más.

La persona ni me mira.

Empieza a ocurrirme algo, noto que no me llega el aire a los pulmones, cada vez me cuesta más respirar y va a peor. Cuando era pequeña me pasaba lo mismo. Empezaba a hiperventilar cuando algo me inquietaba. La mitad de las veces ni siquiera sabía a qué se debía. Mi madre era la encargada de tranquilizarme.

—Respira, Paige. Toma aire. Ya está. Así. Respira por la nariz y echa el aire por la boca. Bien. Otra vez.

Ella se quedaba conmigo.

—Vamos a intentar contar hasta diez. Yo cuento. Diez bocanadas de aire. Allá vamos...

Cuando tenía cinco años, mis padres me compraron un libro de dibujos que te enseñaba a «Ponerle nombre. Controlarlo. Reformularlo». Me lo leían y después lo discutíamos entre los tres. Hablábamos de momentos en los que algo nos había preocupado, averiguábamos cuál era realmente el problema y encontrábamos soluciones útiles.

Así de conciezudos eran mis padres y así me enseñaron: con paciencia.

Con cariño.

Y los echo de menos.

11

Esta noche es el coro de primavera que, básicamente, es la versión primaveral de la Noche de los Farolillos. Lo sé, ahora lo explico...

Quedamos en que Bryn Mawr tiene muchas tradiciones. Cuando aceptan a una estudiante, parte de los motivos de celebración son las tradiciones.

La tradición más impresionante de todas es la Noche de los Farolillos. Esa noche a todas las estudiantes de primer año les entregan un farolillo de hierro forjado del color específico de su clase. No puedes perder tu farolillo. Nadie pierde su farolillo. Perder tu farolillo sería como perder tu anillo de compromiso. O tu diploma. O a tu perro.

El color de mi clase es el rojo, lo cual me parece bien porque significa que puedo cantar *Put on the red light* mientras sujeto mi farolillo. Es una frase de una canción que se llama «Roxanne», de The Police. Mi madre era fan. Lo que significa que los ponía a todas horas, antes de perder el disco, el CD, el reproductor de MP3 o lo que fuera que se pudiera perder. Ya he dicho que a mi madre se le daba muy bien perder cosas.

Pues bien, la Noche de los Farolillos de otoño es un gran acontecimiento. Todas tenemos que ir al claustro y, al abrigo de la noche, cantar todo tipo de canciones en latín que previamente hemos de aprender. «Dona Nobis Pacem» siempre figura en la lista. Pero el coro de primavera es cuando sacamos nuestros farolillos y, una vez más, nos sentamos en los escalones de piedra del patio interior gótico y cantamos las canciones de nuestras respectivas escuelas.

Ya sé lo que estáis pensando.

No podéis creer que haga esto. Parece que estuviéramos en Hogwarts.

Mirad, no os culpo. Sé que suena estúpido.

El caso es que..., en realidad, es bastante bonito, con cientos de farolillos encendidos y la luna asomada por encima de la Torre del Reloj. Y el coro de canciones en latín y en griego.

Ahora mismo están cantando «Pallas Athena». En realidad, la estamos cantando.

Empieza como un murmullo y después adquiere unos tonos melodiosos, casi como una nana:

Pallas Athena thea,
Mate mato kai sthenou,
Se par he meie I man
Hie ru sou sai soi deine.
Pallas Athena thea,
Mathe mastos kai stenous,
Se par he meie I man.

Ahora viene la parte lenta:

Hie ru sou sai soi deine.

Esta parte de aquí, la última, es la que te rompe el corazón:

Akoue, Akoue.

Esa última parte es casi como una nana:

«Pallas Atenea, diosa del aprendizaje y la fuerza,
Venimos a adorarte, temida diosa.

Rezamos para que nos bendigas y nos otorgues sabiduría.
Acompáñanos siempre. ¡Bendita diosa!
Santifica ahora nuestros farolillos, para que brillen por siempre
E iluminen nuestro camino haciendo que brille la oscuridad».

Mientras miro a mi alrededor y contemplo este mar de farolillos rojos, verdes y azules y las siluetas negras de los árboles contra el cielo azul cobalto..., la canción recorre mi cuerpo en un proceso de ósmosis emocional y, de pronto, tengo la cara cubierta de lágrimas. Un río de lágrimas a medida que la canción se convierte en una dulce nana. A mi lado nadie parece percatarse, pero quizá a ellas también les pase. Quizá estemos todas teniendo nuestra propia revelación personal, nuestro momento de rendición a todas esas cosas que reprimimos durante el día. Todas aquellas cosas que tapamos con papeles y listas de recados y *post-its*.

Atenea no nos permitirá hacer eso esta noche. Ella nos llama e insiste.

Quiero taparme la cara, o desaparecer, pero lo único que puedo hacer es seguir cantando y dejar que los versos de «Pallas Athena» se cuelen a través de mis defensas y eleven mi alma más allá de las ramas de los árboles, más allá de las constelaciones, sin ni siquiera mirar a la luna.

12

Royce Hall, también conocido como «la guarida de la decana», no se parece al resto del campus. No tiene una arquitectura gótica gris con agujas y gárgolas, como todo lo demás de por aquí. Es una casa blanca de estilo colonial con contraventanas negras y una puerta roja para darle vitalidad. Al parecer, antes aquí había una granja y este era el edificio principal. No veo el granero por ninguna parte, así que imagino que lo demolieron. Una pena, porque el granero habría sido un bonito estudio de arte. Quizá con techos abovedados y tragaluces por todas partes. El tipo de sitio en el que podrías poner un torno de alfarería.

La puerta roja de Royce Hall está entreabierta, de modo que asomo la cabeza. Hay libros y carpetas por todas partes y mucho polvo. Polvo que recorre el aire en un triángulo, procedente de la ventana iluminada por el sol. No hay gente. Nadie. Ni siquiera un recepcionista.

Los escalones crujen bajo mis pies mientras subo por las estrechas escaleras hasta el rellano de la segunda planta. Al otro lado se encuentra la puerta del despacho de la decana, también entreabierta.

La decana se gira para mirarme y me hace un gesto para que entre. Lleva una falda de tubo, el pelo recogido en un moño y zapatos de tacón bajo.

Cuando entro, se sienta detrás de su escritorio de caoba y me invita a sentarme en un sillón de orejas con un dibujo color verde bosque.

Cuando me siento me doy cuenta de que el otro sillón está ocupado.

Por el sociópata de LexCorp.

13

—Tiene que ser una broma.

Normalmente soltaría un taco, pero seamos sensatos, se trata de la decana.

Madden guarda silencio y deja que la decana tome la iniciativa.

—Señorita Nolan. Paige. Quería que conocieras a un compañero mío. Carter Madden.

Yo miro al sociópata. No parece tan engreído como debería, dadas las circunstancias.

—Eh, sí, ya nos conocemos. Ligeramente.

—Bien. Bueno, Madden y yo nos conocemos desde hace mucho, desde Exeter, concretamente, y me asegura que tiene asuntos importantes que tratar contigo.

—¿Asuntos?

—Sí, asuntos.

Esto es demasiado extraño. Ni siquiera puedo mirar a este tío. De pronto me siento como si estuviera en esa película del bebé del diablo en la que al final todos los del edificio están compinchados.

—Bueno, os dejaré para que habléis en privado de vuestras cosas.

Saluda a Madden con la cabeza, después a mí, y luego sale del despacho y me deja a solas con él, allí sentados en nuestros sillones de orejas de color verde. No mola. Seguramente ni siquiera sea legal. ¡Tengo diecisiete años! ¿Qué fue de eso de *in loco parentis*?

—En fin, ya sé que esto resulta un poco extremo, pero no puedo seguir persiguiéndote por todas partes y que te escapes siempre. No soy un psicópata. No te estoy acosando, te lo aseguro.

—Te escucho con atención, aunque con cierta reticencia. Por respeto a la decana.

—De acuerdo. Deja que me explique. Estamos muy interesados en ti. En tu talento.

—¿Mi talento?

—«Talento» no es la palabra adecuada. Habilidad.

—Un momento. ¿Qué es eso de «estamos»? ¿Tus amigos proxenetas y tú?

—¿Proxenetas? No. Somos una agencia gubernamental de inteligencia.

—¡Ja! Claro. ¿Cómo la CIA?

—No somos la CIA. Y no bromeo.

—Así que eres del FBI.

—La verdad es que no.

—Bueno, vale, no te creo, así que será mejor que me digas quién eres o quién finges ser.

—RAITH.

—¿Perdón?

—Una organización de inteligencia operativa. *Reconnaissance and Intelligence AuTHority*. RAITH.

—Ese acrónimo no tiene ningún sentido.

Se encoge de hombros.

—Yo no le puse el nombre.

—RAITH. Entonces, supongo que vuestra misión es viajar por los fuegos de Mordor para recuperar un anillo mágico pero corrupto.

—¿Cómo dices?

—RAITH. Es una referencia a *El señor de los anillos*.

—No la he visto.

—Ahora sí que sé que eres un psicópata. Y la respuesta correcta es: no lo he leído. En plan «No he leído la serie completa de *El señor de los anillos*, de J. R. R. Tolkien, ni he ido después a ver las

70

películas con emoción al principio y luego, a lo largo de los años, con un poco de decepción».

—De acuerdo. No he leído los libros de *El señor de los anillos* ni he visto las películas.

—Una pregunta más.

—Dime.

—¿Eres un robot?

—Muy graciosa.

—Es que no puedo creer que no hayas visto ni leído *El señor de los anillos*, a no ser que seas un cíborg. Lo cual me parece bien, por cierto. Yo también pienso descargar mi consciencia en una forma de vida sin base de carbono, o inyectar nanobots en mi cerebro para poder manifestar superinteligencia y ciberconectividad. Eso si la singularidad tecnológica resulta ser algo positivo, a la manera optimista de Ray Kurzweil y su versión del mundo. Sin embargo, siempre cabe la posibilidad de que el auge de la inteligencia artificial se parezca más a lo que predijo Stephen Hawking, donde la humanidad tendrá tanta prisa por dominar la inteligencia artificial que nadie se parará a programar la IA para que no nos haga daño. Quiero decir que no será una parte fundamental de su código, de manera que, cuando la IA alcance la superinteligencia, nos exterminará, porque se dará cuenta de que somos un impedimento para lograr el objetivo de programación que le haya sido otorgado. Como ser el robot que escribe cartas con más eficiencia, o algo igual de banal.

Madden se ha quedado mirándome.

—¿Y me preguntas si el robot soy yo?

—Bueno, es algo a tener en cuenta. Dado que estamos barajando la posibilidad de una extinción.

—Este teatrillo a lo rebelde sin causa...

—¿Cómo sabes que es un teatrillo?

—Eso es justo lo que te estoy preguntando.

—¿Si soy una verdadera rebelde? Dios, acaba de dejarme un parisino por ser demasiado estadounidense. Sea lo que sea que signifique eso.

—Entonces..., vamos a ver si lo entiendo. Tienes tu propia opinión y siempre cuestionas el mundo que te rodea, tienes libertad para criticar a tu país y luchar continuamente por hacer del mundo un lugar mejor..., ¿no te parece que eso forma parte de ser americ...?

—Eso depende de a quién critiques. ¿Qué pasa con el Mando Conjunto de Operaciones Especiales? ¿Y con la empresa de ingeniería y construcción KBR?

—Es la gente como tú, que hace ese tipo de preguntas, la que hace que este país sea lo que es.

—Ahora me estás halagando sin más. Es evidente que quieres algo.

—Sí, lo queremos. Te queremos a ti, Paige. Queremos que te unas a nosotros.

—¿A vuestra liga espectral de falsa inteligencia?

—Sí. Salvo que no es falsa.

—¿Así que trabajaría para el gobierno?

—Sí.

Me vuelvo hacia él.

—¿Cómo sé que no eres un lunático con un trastorno delirante? Ya sabes, la gente que va caminando por la calle y hablando sola. Agencias gubernamentales secretas de las que nadie ha oído hablar porque tienen una importante misión secreta y bla, bla, bla.

—Tus dudas son comprensibles.

Saca su teléfono y me muestra una foto suya junto a la presidenta. Una gran imagen trucada.

—Sí, yo también utilizo Photoshop. Si quieres, te enseño una foto mía haciendo surf con Jesús.

Madden pone los ojos en blanco, vuelve a mirar su teléfono y marca.

—¿Quieres hablar con ella? Con la presidenta, me refiero. Ella también fue a las Siete Hermanas, ¿sabes?

Oigo que el teléfono da señal y entonces, al otro lado de la línea, responde una voz inconfundible.

—¿Madden? —Antes de que me dé cuenta, me lanzo y cuelgo el teléfono.

—Acabas de colgarle a la lideresa del mundo libre.

Vuelve a marcar, esta vez sin el altavoz, y charla durante unos segundos. Se disculpa.

Yo apenas oigo lo que dice porque, de pronto, el suelo a mi alrededor empieza a dar vueltas y las molduras de las paredes se convierten en un entramado de barras que se mueven como en una atracción de feria.

Madden cuelga el teléfono.

—Le he dicho que la he llamado por error. Ha sido muy comprensiva.

—Vamos a ver si lo entiendo —digo parpadeando—. ¿Estás diciéndome que el gobierno quiere reclutarme para una misión ultrasecreta, y probablemente ilegal, y que acabas de estar hablando con la presidenta de Estados Unidos?

—Así es.

—Quieres que trabaje para el gobierno. El mismo gobierno con el que trato de ponerme en contacto una y otra vez desde hace dos años por el asunto de mis padres y del que no he sabido nada, ni una sola vez, salvo por la respuesta inicial de «Sentimos que hayas perdido a tus padres, la política de la región es complicada, no negociamos con terroristas»...

No le cuento que me tiré seis semanas sin dormir, tumbada en la cama, llorando, sudando, gritando contra mi almohada, esperando oír una respuesta, alguien que me dijera si mis padres estaban vivos o muertos, dónde podrían estar, si podrían intentar traerlos de vuelta. No le hablo de la incertidumbre desesperante que experimento cuando me doy cuenta de que estoy sola en el mundo y me aferro a las sábanas, como si naufragara, como un peón desconcertado en un laberinto, en un barco burocrático que se hunde.

—... ¿Ese mismo gobierno?

—Sí.

—Bueno, mi querido espía de pacotilla, preferiría arrancarme la piel y dársela de comer al *Tea Party*.

Y entonces me levanto. Bajaré por esas escaleras demasiado estrechas, saldré por esa puerta roja y me alejaré hacia la puesta de sol.

Sea lo que sea que está diciendo ese sociópata, no quiero tener nada que ver con ello. Nada que ver con él, nada que ver con organizaciones secretas inventadas, nada que ver con ser cómplice del gobierno.

Ese gobierno abandonó a mis padres.

Ese gobierno los dio por muertos.

Pero, claro, cuando llego a la puerta, está cerrada con llave.

—Vale, en serio, ¿qué coño es esto?

14

—¿Por qué está cerrada la puerta y dónde está el helicóptero clandestino que me llevará a Guantánamo, donde no tendré un juicio justo, pero posiblemente escriba una novela superventas?

—Perdona, ha sido casualidad. Ya está.

Madden me deja salir y se encoge de hombros con inocencia.

—Vale, que conste que no me creo ni por un momento que eso haya sido un mero contratiempo. Pero vale, te veré en Matrix o lo que sea.

—Nada de trucos —me dice despidiéndose con la mano—. Puedes irte si quieres.

Pero...

Ni siquiera he llegado al jardín cuando me alcanza. La residencia Rhoads tiene un arco de piedra gris en el medio, casi como si fuera una puerta al resto del campus. Y es debajo de ese arco donde todo cambia.

—Paige, para. Escúchame.

—Dios, ¿en serio? Estás obsesionado. Déjame en paz.

Se detiene.

—Paige, hay algo que deberías saber. Pero no puedo decírtelo si sigues huyendo.

Ahora lo miro y lo evalúo. Está tranquilo. Aliviado. Como un tío que acaba de mostrar sus cartas.

* * *

El café del centro del campus es un lugar absurdo, pero tiene algo que me resulta relajante. Está a poca distancia de mi residencia, así que es mi principal fuente de cafeína. Y de pausas en los estudios. Y de procrastinación. Es un lugar espacioso con techos altos y mesas de abedul. Se supone que es tranquilizador.

Madden está sentado a la mesa frente a mí. Por suerte, prácticamente no hay nadie más, así que no puedo descartar la posibilidad de que me ponga a llorar desconsoladamente.

Empiezan a aparecer una a una sobre la mesa, frente a mis ojos. Primero sus fotos del pasaporte. Mi madre. Mi padre. Ambos con un aspecto algo más joven que la última vez que los vi. Mi padre con una camisa verde aceituna con hombreras. Mi madre con un pañuelo. Y ahora esto. La siguiente imagen tiene más grano. Es una foto en blanco y negro tomada desde lejos.

Y entonces me quedo sin respiración.

Es una especie de campamento. Una especie de recinto. Hay un jardín lleno de tierra con una verja alrededor. Junto al rincón del jardín, como si acabaran de llegar, hay dos figuras, una más alta, la otra más baja. Frente a ellas hay dos hombres mirándose, aparentemente discutiendo. Aunque tienen una venda en los ojos y las manos atadas, yo lo sé. Sé que son ellos. Mi madre y mi padre. Allí de pie. En ese horrible lugar.

Ya empieza otra vez. El pecho. No puedo respirar. El aire está presente en la habitación, pero no es para mí. Imposible.

Madden me mira preocupado.

—Respira, ¿quieres? Tú, escúchame.

Intento calmarme, apartar los ojos de la fotografía.

—Nos encargaron el caso a cinco de nosotros —me dice—. Casi todos éramos jóvenes, nuevos. A mí no me preocupaba nuestra inexperiencia. Teníamos un buen servicio de inteligencia. Sabíamos dónde estaban. Nos enviaron a liberarlos.

Esas palabras van cayendo y algunas de ellas aterrizan en mi cabeza, otras se van directas a mi corazón, y las demás caen al fondo de mi estómago. ¿Qué hacer con esas palabras? ¿Qué se supone que he de hacer con esas palabras?

—Nos entrenamos en un entorno que simulaba el campamento. Una especie de decorado de película construido a partir de las imágenes por satélite. Lo planeamos todo.

Y ahora estoy mirando cinco archivos. Cada uno de ellos tiene una fotografía en una esquina. Todos llevan su uniforme azul; es una fotografía oficial, con el fondo azul claro y la bandera detrás: roja, blanca y azul.

—Salvo que nuestro helicóptero fuese alcanzado por los lanzamisiles antiaéreos de los iraquís. El helicóptero se estrelló.

Y ahora miro la fotografía de cuatro ataúdes cubiertos con la bandera y un avión de mercancías al fondo.

Y entonces me doy cuenta.

—¿Tú estabas...?

—Soy el único que logró salir.

En esta habitación había vida hasta hace un segundo. Había algo que se movía. Pero ahora está todo quieto. Solo hay silencio en una habitación en apariencia vacía.

Devuelvo la atención a las fotografías, a los uniformes azules, a los SEAL. Allí está Madden, más joven y con más brillo, con el pelo corto, con un aspecto casi juvenil. Feliz.

Vuelvo a mirar la fotografía de mis padres. En ese rincón del mundo lleno de arena.

—Están vivos, Paige. —Parece como si el suelo se abriese bajo mis pies.

De pronto no puedo respirar. Ese sueño que tuve. El del océano de cuerpos. Pensé que significaba que habían muerto. Yo lo sabía de alguna manera, pero ahora la verdad irrumpe como un cometa.

Y estalla en llamas.

Agarro la fotografía de mis padres, recorro sus perfiles con los dedos y deseo poder asirme a ellos y sacarlos de esa imagen.

—¿Estás seguro? —pregunto sin apenas voz—. ¿Cómo? ¿Por qué?

—No lo sabemos. El mundo árabe respeta enormemente los trabajos de tu padre sobre Oriente Medio. Podríamos hallar algo ahí.

—Pero si matan a periodistas a todas horas. De maneras horribles.

Todavía no me he recuperado. Están vivos. Mis padres están vivos.

De pronto la habitación ha recuperado sus colores. Me doy cuenta de que en las paredes hay cuadros que no había visto antes. Y una elaborada escultura de cristal colgada en ese espacio cavernoso. Tampoco había reparado en ella.

La belleza. La belleza del mundo.

—Yo pedí que me encomendaran la misión de salvar a tus padres. Leí sus libros. En Annapolis. El mundo debe dudar del paradigma dominante.

«El paradigma dominante». Es una cita de *Del río al mar*, el superventas de mi padre.

Cuando mis padres desaparecieron, la historia aparecía constantemente en las noticias.

Sus fotografías se publicaban a todas horas en los periódicos, las televisiones e internet.

Y entonces hubo otro tiroteo masivo. Este tuvo lugar en un Walmart de Arkansas. Y fue eso lo que pasó a ocupar los periódicos, las televisiones e internet. Y luego una estrella del pop sacó un álbum por sorpresa.

Y, sin más, mis padres se esfumaron. Ya no había noticia. Como si se los hubiera tragado la tierra.

—La liberación de tus padres es un asunto de máxima importancia —susurra Madden—. Es una misión que viene directamente de la Casa Blanca.

—No te creo.

—Bueno, entonces no conoces muy bien a nuestra presidenta. —Sonríe con suficiencia y agita su móvil—. Créeme. La tengo en marcación rápida.

Nos quedamos allí sentados durante un rato. Yo tengo ganas de preguntarle una cosa, pero me da miedo la respuesta, me aterroriza.

—En el puesto de control murieron todos. En plena confusión, con el caos de la guerra, tus padres escaparon.

—¿Cómo?

—En realidad no sabemos cómo. Francamente, parece imposible.

—¿Así que no sabes dónde están ahora?

—Estamos recopilando información.

—Así que están por ahí ellos solos, envueltos en el terror del ISIS, con todos esos ataques de drones y con los rusos bombardeando todo lo que pillan.

—Lo sé. Sé que estás preocupada.

La habitación vuelve a perder su color. Todo se vuelve gris y beis. Me siento... pesada.

—Paige, tú puedes ayudar. Te necesitamos.

—Estás de broma, ¿verdad? ¿Qué voy a hacer yo?

—Vamos a encontrarlos. Estén donde estén. Y, cuando lo hagamos, los traeremos a casa. Tú y yo.

—¿Yo?

—Sí, tú. Conmigo. Yo mantengo viva esta misión. No solo por tus padres. También por ellos. —Señala las fotografías—. Por sus familias.

Esas cuatro caras me miran. Los SEAL de la Marina. Ellos también tenían padres. Tres de ellos tenían hijos. Niños pequeños. Hay una fotografía de uno de ellos, una niña rubia de ojos azules que levanta la mirada desde su tarta de cumpleaños y sonríe con glaseado azul por toda la boca. La vela de la tarta es el número tres. Está sentada en el regazo de su padre, que sonríe feliz.

En los ojos de la niña solo veo luz.

En alguna parte hay una foto mía en mi tercer cumpleaños.

En otra época yo era como ella.

—¿Cuándo empiezo?

II

INTERLUDIO I

La noticia es así. Aparece discretamente en la séptima página del Moscow Times. *No es más que un párrafo.*

Solo dice que se produjeron disparos y que hubo varios heridos a dos horas de Moscú en la dacha de un conocido moscovita, el jueves por la noche, en torno a las nueve. Dice que hubo una ráfaga posterior de disparos. No dice cómo, no dice por qué y, lo más importante, no dice quién.

No, no dice quién se encontraba en esa dacha en particular cuando se desató el caos y comenzaron los disparos.

Porque, si hubiera dicho quién, entonces la noticia no habría aparecido discretamente en la séptima página del Moscow Times. *No, no. Si hubiera dicho quién, habría aparecido en portada en el* New York Times. *Con la foto en primera plana.*

Pero venid conmigo. Os lo enseñaré.

1

Ya sabéis que en las películas meten siempre una sesión de entrenamiento con una poderosa balada y un montaje cargado de testosterona, ¿verdad? Y muestran al protagonista regordete y vagabundo dando puñetazos a un esqueleto de vaca en un congelador lleno de carne. Y luego, pasados tres minutos, se convierte en una especie de Hércules. Bueno, eso es porque mostrar a alguien entrenándose durante un largo periodo de tiempo, o durante un periodo de tiempo cualquiera, es tan emocionante como ver crecer la hierba. Aunque sea para una agencia gubernamental secreta de inteligencia. Mejor dicho, especialmente si es para una agencia gubernamental secreta de inteligencia.

—Otra vez —dice Madden.

No estoy en un acuario, damas y caballeros, sino en una enorme piscina en cuyos azulejos rebotan los sonidos. No hay ningún cartel a la entrada de este complejo, ni en muchos de los edificios, pero, si lo hubiera, a este habría que llamarlo «Complejo de Natación Supersecreto de Espionaje», o CNSSE para abreviar. Llevamos aquí toda la mañana: yo nadando en estilo libre, intentando mejorar mi tiempo; y Madden ahí de pie, al borde de la piscina, haciéndome sentir como un pez globo.

—¿Esta va a ser una de esas veces en las que me presionas tanto que al final me derrumbo y después me recompones como a un Madden-bot que dispara primero y pregunta después?

—Es posible —responde Madden.

Empiezo con el siguiente largo. En cada largo trato de superar mi propio récord, compitiendo contra mí misma.

Este es mi verano. O «Cómo pasé mis vacaciones de verano».

Ni fiestas, ni resacas, ni un maratón de *Trilogía de la vida,* de Pasolini, viendo El Decamerón con el soltero número dos. (Ah, ¿no conocéis El Decamerón de Pasolini? Eso es porque no sois personas pretenciosas adictas a las películas aburridas que fluctúan entre el sexo, las astracanadas y el humor escatológico). No. ¡Nada de maratones de cine independiente este verano! En su lugar, este es el verano en el que Madden, que es mono pero demasiado cuadriculado, insiste en que puedo aguantar la respiración durante treinta minutos, correr un kilómetro y medio en tres minutos y contar chistes en ruso fluido inmediatamente después de hacer las dos cosas anteriores. Ahora mismo está insistiendo en que puedo nadar cien metros en estilo libre en menos de noventa segundos. Para que os hagáis una idea, Michael Phelps lo hizo en cuarenta y siete.

Sé que pensáis que encima de mí hay un villano de Bond acariciando a un gato blanco antes de apretar un botón para liberar a cinco tiburones blancos que me devoren. Y, llegado este punto, no me importaría, la verdad. Ya no, porque prácticamente me he convertido en un pez y me han salido aletas, y es probable que el dolor de espalda y de brazos me dure hasta 2020. Así que, teniendo en cuenta todo eso, entenderéis por qué no me importaría morir. Pero no es un villano el que me tortura. No. Es Madden. Sigue insistiendo en que nade los cien metros en menos de noventa segundos. Claramente se le ha ido la cabeza.

—Ciento treinta segundos.

—No me gusta nada...

Tomo aire.

—... esta parte del proceso.

Tomo aire.

—Y tampoco...

Tomo aire.

—Me gustas tú.

Madden arquea una ceja.

—La dama protesta demasiado, me parece.

—A ti te gusta fastidiarme con el traje de baño, me parece. Admítelo. Tú no podrías hacerlo.

—¿Quieres apostar?

—Por favor.

Y, lo creáis o no, antes de que me dé cuenta de lo que ocurre, Madden ha decidido quedarse en calzoncillos y tirarse a la piscina.

Yo, por mi parte, estoy demasiado ocupada fingiendo no darme cuenta de que está en muy, muy buena forma, ni demasiado musculoso ni demasiado delgado. Con los abdominales marcados. Creo que se llama tableta. Pero no me fijo en nada de eso. No. En su lugar, finjo admirar las boyas blancas y azules que separan cada calle de la piscina.

—Estos chismes blancos y azules son muy interesantes. Me pregunto quién los inventaría.

Un chapoteo.

Es Madden. Está nadando hacia el otro lado de la piscina y regresa antes de que a mí me dé tiempo a terminar la frase.

Yo sigo fingiendo que no me fijo en su cuerpo, sobre el que cualquier otra mujer se abalanzaría sin dudar.

—No me parece que alguien pueda necesitar estas boyas de plástico azules y blancas para no chocarse con otro, pero tal vez si empiezan a delirar o si no se dan cuenta de que...

—Paige, ¿de qué estás hablando?

—Ah, pues ahora mismo estaba pensando en los niveles de cloro de la piscina. ¿Cuándo fue la última vez que los medisteis? ¿Habéis pensado en poner una piscina de agua salada? Es mucho mejor para...

Me sonríe y sale del agua. Orgulloso de sí mismo.

Yo acabo de olvidarme de lo que estaba pensando.

—Puedes salir. Ya has terminado por hoy.

—¿Ya? Si solo es medianoche.

—Nos vemos a las cinco cero, cero.

—Vale con que digas las cinco de la mañana. No estamos en Beirut.

Cuando salgo de la piscina y me empiezo a secar con la toalla, se activa mi sentido arácnido. Parece que yo también podría pillarle mirándome.

Me doy la vuelta.

Pero no. Está mirando hacia otro lado.

Aunque no me siento decepcionada. Porque me da igual. ¿Por qué iba a importarme?

Tras darme una ducha rápida en el vestuario con olor a lejía, salgo de mi entrenamiento patrocinado por el gobierno envenenada solo en un ochenta por ciento.

Suena mi teléfono. Un mensaje de Aaron. Solo pone: *?*

Bien hecho, Aaron. Un signo de interrogación. ¿Sabías que el inglés fue un idioma en otra época?

Quien compite con él para ganarse mi frío corazón es Teddy, que ha vuelto a Santa Mónica para pasar el verano, donde podrá pasear su atractivo bajo el sol sin el agobio de una chica imperfecta, emocionalmente disociada y futura agente secreta del gobierno con la que ha roto de manera poco ceremoniosa, a juzgar por el hecho de que me ha eliminado del Facebook y ha dejado de seguirme en Twitter. No importa. Lo entiendo. Yo también me dejaría. (Aunque Teddy era el mejor de los tres. Algún día hará muy feliz a una chica. Ella se llamará algo así como Abigail. Yo veré las fotos de su boda en Facebook y lloraré mientras como helado de chocolate vegano).

Eso me deja exclusivamente con Aaron. El único que resiste.

¿Recordáis esas escenas de los entrenamientos antes mencionados en las que el protagonista sudoroso ve cine francés surrealista con su enamorada? ¿No? ¿Sabéis por qué? Porque Rocky Balboa no ve *El discreto encanto de la burguesía*. Lo sé. Es sorprendente.

Rocky Balboa ha entrenado tanto que el montaje no ha llegado a mostrar que Luis Buñuel le resulta un efectivo narcótico para el cerebro y le hace quedarse dormido, ronquidos incluidos. Y probablemente babeando.

Mirad, a Aaron no va a hacerle mucha gracia eso de que ahora sea una espía internacional. Ahora que lo pienso, tengo que romper con él.

Pero es que no sé cómo hacerlo.

«Hola, Aaron. No, lo siento, no puedo pasarme. El caso es que me ha reclutado una organización secreta del gobierno... No, no es la CIA. Se llama RAITH. He dicho RAITH... Sí, como El señor de los anillos... Sí, lo sé. No sé si han entendido la referencia. La verdad es que no tienen mucho sentido del humor. ¿Sabes una cosa? Da igual. El caso es que, si cabe la esperanza de liberar a mis padres y posiblemente salvar el mundo de manera encubierta, no voy a poder llevar nuestra relación al siguiente nivel».

Menudo mensaje sería ese.

Cuando salgo del vestuario, Madden ya se ha ido hace rato. No importa. Tampoco es que pretendiera que me esperase a la salida para charlar o invitarme a tomar algo.

Dios, no.

No me interesa para nada.

2

3.02 a.m.

Cincuenta sombras de Grey es el título de un libro, pero también podría utilizarse para describir mi sombrío dormitorio en las instalaciones de entrenamiento. Las paredes son de un gris claro. La puerta es de un gris oscuro. La cama es de un gris más oscuro todavía. Ya os hacéis una idea. Lo único positivo es que al menos tengo mi propia habitación. No, no estamos todos en una habitación como en *La chaqueta metálica*, con ese tío gritándonos epítetos raciales durante todo el día. Esto es mucho más chic. Aquí en RAITH solo encuentras lo mejor de lo mejor. Y, cuando digo «lo mejor», me refiero a depresión en estado puro.

Aquí solo hay otra chica además de mí, y ya ha logrado dejarme en evidencia en el circuito de conducción. Yo voy en UBER. Ella es de Los Ángeles este. Viva Martínez, se llama. Creo que *The Fast and the Furious* se inspiró en ella. Un dato curioso: lleva una cresta morada. Es de un morado en degradado que se oscurece hacia la nuca. A veces la lleva de punta. A veces se la deja suelta. A veces incluso se hace una trenza. Pero siempre mola. Bien por ti. Tienes que ser tú misma.

Si os preguntáis qué estoy haciendo levantada a las tres de la mañana, la respuesta es hiperventilar. Si os preguntáis por qué estoy hiperventilando, la respuesta es que acabo de despertarme de un sueño horrible sobre mi madre. Y mi padre. Normalmente, cuando te despiertas de algo así, respiras aliviada al comprobar que todo era un sueño. El tema aquí es que en realidad no sé si lo es. Podría ser real. Que sepamos, podría ser así de terrorífico, inhumano y horrible.

En el sueño, separaban a mi padre y a mi madre. A mi madre se la llevaban a una larga fila de mujeres y chicas para después ser introducidas en un autobús. A mi padre le obligaban a colocarse en fila junto a otros hombres, y frente a ellos había una zanja. Detrás había hombres con pistolas, vestidos de negro. Mi madre contemplaba la escena y gritaba antes de que sucediera. Antes de que levantaran las pistolas y apuntaran.

Me he despertado con un grito ahogado.

Tardo como dos minutos en darme cuenta de que estoy aquí, en esta habitación sombría, de que no es real.

Dios, por favor, que solo sea un sueño.

Aquí tengo una almohada gris para poner la cara, para que nadie me oiga. Ni siquiera estoy llorando.

Estoy rezando.

3

Madden ha decidido que hoy sería un buen día para humillarme. Esto es lo que ha preparado para antes de desayunar: un entrenamiento antes del alba. Aunque en realidad no es un entrenamiento, es una carrera. Con coches. Con conos. Con curvas cerradas. Con competición. Y, lo peor de todo, conmigo.

Soy una conductora excelente.

En mi mente. Cuando nadie me ve. Podría dar vueltas a vuestro alrededor con el coche.

Sin embargo, se da la circunstancia de que, en el mundo real, cuando conduzco un vehículo de verdad, cosa que ocurre con poca frecuencia, y hay alguien en el asiento del copiloto, menos frecuente aún, tengo tendencia a ponerme nerviosa. Y un poco neurótica. Vale, sí, asumámoslo. Soy una conductora pésima.

Madden me guía a través de un campo alargado hacia lo que parece una pista de obstáculos en un anuncio de coches. Un deportivo plateado nos mira con desprecio desde el pavimento, con dos rayas pintadas a lo largo.

—¿Te gusta? Un Dodge Viper SRT de 2016.

—No tengo ni idea de lo que significa eso.

—Seiscientos cuarenta y cinco caballos de potencia, par de torsión de seiscientas libras.

—¿En qué idioma estás hablando?

Llegamos hasta el elegante coche. Dentro, al volante, está Viva con cara inexpresiva.

—Vamos, Paige, admítelo. Te has quedado impresionada.

—Quizá, si quisiera divulgar la parte materialista de mi conciencia.

Madden me mira.

—¿Alguna vez te hicieron regalos de Navidad?

—Sí. Y de Janucá. Y de Kwanzaa. Y de Reyes. Además de por el Día de santa Lucía y por el Ramadán. Es importante no tener favoritismos. No sabes quién está al mando de todo esto..., es importante no poner todos tus huevos en la misma cesta...

—Calla. Deja de hablar.

Viva sale del coche y me dirige una mirada a medio camino entre la caridad y la pena.

—¿Va a conducir ella hoy?

—Sí, Viva. Eso me temo. ¿Te importa ir de copiloto?

—¿De copiloto? ¿Con ella?

—Esperaba que pudieras darle indicaciones.

—¿Qué te parece esta indicación? No conduzcas.

—Bueno, no creo que eso sea muy justo.

Viva se vuelve hacia Madden.

—Por favor, no me hagas montarme con ella. Tengo aspiraciones.

Madden sonríe. Nunca habría pensado que tendría una conversación tan familiar con alguien que lleva una cresta morada.

—Creo que Viva tiene razón. No hay motivo para que conduzca yo.

Viva y yo nos volvemos hacia él, ambas con la esperanza de hacerle ceder.

—Buen intento, Paige. Pero nunca se sabe, puede que aprendas algo.

—Puede que tú aprendas algo.

—¿Qué se supone que significa eso?

—La verdad es que no lo sé.

Viva me dirige una mirada de odio y regresa al coche.

—Vale, tengo una pregunta más.

—¿Sí? —responde Madden con un suspiro de hartazgo.

—¿Este coche es muy valioso en términos de dinero humano?

—Paige, no hay nada alrededor, ¿de acuerdo? No te pasará nada. Súbete al coche, pon en marcha el motor y recorre la pista de obstáculos.

—¿Es una orden?

—Sí.

Suena el claxon.

Dentro del coche, Viva se encoge de hombros como diciendo «¿Por qué coño tardas tanto?».

Yo contemplo la pista de obstáculos. Tiene más o menos un kilómetro y medio y muchos conos naranjas entre medias. Hacia el final del recorrido, parece haber una especie de pavimento mojado, pero podría ser un espejismo. El sol está saliendo por el este y cubre la pista con una especie de película dorada.

—Ahora o nunca, Paige.

Bien, allá vamos.

4

Un Dodge Viper SRT de 2016 cuesta exactamente 87 895 dólares. Lo sé porque acabo de estrellar uno.

Permitid que os lo explique.

Antes de llegar al pavimento mojado, todo iba bien. Sí, no paraba de hablar por los nervios, pero en general les había pillado el truco a los conos naranjas. Para ser sincera, era emocionante. ¡Excitante!

Viva me da indicaciones.

—Vale, gira ahora. Eso es. Con suavidad. Tienes que ir con suavidad. Nunca con brusquedad. Brusquedad es igual a muerte. Nunca brusquedad.

—Brusquedad es igual a muerte.

—Sí, con decisión. Con suavidad. Haz el giro. No te lo pienses dos veces. No puedes echarte atrás. Echarte atrás es igual a muerte.

—Echarme atrás es igual a muerte.

—Exacto. ¿Ves aquello? El asfalto mojado. Si pierdes el control en una superficie mojada o nevada, puede ser mucho más difícil recuperarlo. ¿Entendido? Hay mucha menos tracción de la que ayudarte.

—Mucha menos tracción de la que ayudarme —repito sus palabras para intentar absorber la información. Estoy nerviosa.

—Menos tracción es malo. Perder el control con menos tracción es igual a muerte.

—Perder el control con menos tracción es igual a muerte. Vaya, aquí hay muchas cosas iguales a muerte.

—Es cierto, gringa. Tienes que tener el doble de cuidado con lluvia o nieve.

—Cuidado con el tiempo inclemente.

—Con suavidad. Nunca con brusquedad. Un movimiento brusco bajo la lluvia o la nieve es igual a muerte.

—Otra vez. Sí, ya me ha quedado claro.

—¡Cuidado!

Y es entonces cuando aparece una especie de señuelo, diseñado para que parezca una mujer cruzando la calle con su hijo, y convierte una agradable sesión educativa en una trampa mortal descontrolada en la que Viva y yo giramos para esquivar a la familia feliz, corregimos hacia el otro lado en un ángulo de unos ciento ochenta grados y derrapamos hasta caer en una cuneta que hay junto a la pista, que es más bien un pozo lleno de grava.

Tras lo que parece un millón de horas, pero que en realidad no es más que un segundo, me giro hacia Viva y la veo cubierta de grava, polvo y arañazos. No creo que mi póliza de seguros cubra el amasijo de hierros en que ha quedado convertido el coche. Viva tiene cara inexpresiva. Todo parece bullir en su interior.

—Dios, lo siento mucho.

—¡Fuera, fuera!

Y ahora Viva me saca a rastras del coche y ambas nos quedamos mirando. Todo parece bastante normal durante un segundo. Solo un coche aplastado en una cuneta.

Y entonces...

—¡Dios, corre!

Viva me arrastra con ella cuando el coche empieza a arder y, pocos segundos después, oigo una fortísima explosión a nuestras espaldas y siento un golpe de aire caliente que nos levanta del suelo y nos lanza por los aires contra el campo. Antes teníamos piel en la cara, pero ahora solo hay rasguños y tierra.

Viva, además, tiene cuchillos en los ojos y me apunta con ellos.

Tras ella, el humo de la explosión se eleva en columnas rojas y grises.

Madden viene corriendo hacia nosotras desde el otro lado. Debería llegar sin aliento, pero seguro que es de esos tíos que hacen *crossfit* y tiene un artilugio medieval en el sótano donde se pasa la noche riéndose como un loco y viendo *House of Cards*.

—¡Quedaos ahí! ¡Ya viene de camino!

Supongo que lo que viene de camino es la ambulancia que atraviesa la pista con la sirena encendida.

Viva me mira con odio.

—No te caigo muy bien, ¿verdad?

Ella respira, resignada.

—No importa. Ahora mismo yo tampoco me caigo muy bien.

5

No tengo muy claro por qué alguien en el planeta tierra querría utilizar un arco y una flecha. Quiero decir que me resulta poco práctico y bastante limitado. A no ser que te llames Katniss.

A unos treinta metros de nosotros hay una diana gigante. Un puntito amarillo rodeado de rojo, rodeado de azul, rodeado de negro. Hay cinco dianas instaladas y otros cuatro alumnos de tiro con arco junto a mí. Yo llegué primero y me pedí el extremo más alejado para minimizar mi humillación. Creo que no hace falta deciros que ha corrido la voz de lo del Viper.

Madden está de pie junto a mí y habla como si fuera un manual de instrucciones.

—Inspecciona siempre tus flechas para asegurarte de que están rectas y de que la parte de atrás está en buen estado. Si el culatín de la flecha está roto, puede partirse cuando se dispare y con esto puede dañarse el arco y causar lesiones.

—¿Hay una persona ahí?

—Sí. Asegúrate siempre de saber qué hay detrás de tu objetivo. Jamás apuntes con un arma a algo que no tengas intención de disparar. Las flechas vuelan con rapidez y tienen mucho poder.

—Gracias. Creo que lo he entendido.

—Asegúrate de que la flecha está bien colocada antes de disparar. De lo contrario, podría causar lesiones muy serias.

—Entendido.

—Escúchame, Paige. El disparo instintivo se basa en la coordinación entre los ojos y el brazo que sujeta el arco. Eso permite que tu experiencia y tu subconsciente guíen tus movimientos. Requiere mucha práctica y concentración. No pienses en nada salvo el centro de la diana.

—Concentración. Sí.

—¿Estás segura de que el derecho es tu ojo dominante?

—Sí, claro que lo estoy. Ese era el paso uno, ¿recuerdas?

—Solo quiero asegurarme.

Yo levanto el arco, coloco el culatín en la cuerda y disparo. Negro.

No es del todo humillante.

—No está mal. De hecho, pensaba que no le darías ni a la diana, así que bien.

—Perfecto, ¿hemos acabado?

—Buen intento. Otra vez.

Y de nuevo apunto y disparo. Esta vez doy en la parte azul.

—Mejor.

—Vale, genial. ¿Puedo irme?

Madden se queda mirándome.

—¿Piensas enviarme a una especie de cúpula donde tendré que matar a todos mis amigos con esta arma para poder salvarme?

—Muy graciosa. Otra vez.

Levanto el arco, me concentro y disparo. Otra vez azul.

—Bien, ahora vamos a intentar darle al amarillo.

—Eh..., el amarillo es el centro de la diana.

—Hay que apuntar siempre al centro, Paige.

—Sí, claro. Solo digo que es mejor que esperes sentado.

Vuelvo a colocar la flecha, apunto, me concentro y disparo.

¡Rojo! Maldita sea. ¡Casi!

—Sigue así durante una hora. Yo volveré a mediodía.

—¿Qué? ¿Una hora? ¿Para qué sirve esto? A no ser que tengas una máquina del tiempo y pienses enviarme a... Un momento. ¿Tienes una máquina del tiempo?

—Claro. De hecho, yo vengo del siglo cuarenta.

—¿La singularidad tecnológica comienza en 2043 o la inteligencia artificial erradica a la humanidad?

—Erradicamos a la humanidad. ¿Qué te parece mi piel humana?

—Demasiado blanca.

—Claro. Nos vemos en una hora.

—Sabes que este ejercicio es del todo inútil, ¿verdad? —le grito mientras se aleja—. Como la cestería subacuática, el Candy Crush o ese juego en el que los participantes tienen que pasar un orbe naranja inflable por un círculo de red paralelo a la tierra.

—Te refieres al baloncesto.

—¡Ah! ¿Es así como se llama?

Aunque aquí fuera hace demasiado frío y preferiría irme dentro y no hacer nada durante diez horas, este lugar tiene algo de especial. Este lugar con la hierba húmeda y el rocío de la mañana. Este lugar en el que cantan los petirrojos. Este lugar... con Madden.

Él hace que sea mejor.

Aunque sea molesto, arrogante y cuadriculado. El aire que respira, o simplemente la ropa que lleva. Todo eso hace que sea mejor.

Y nunca podré decírselo.

Ya está lejos, regresa a la misión secreta que le habrá encomendado a otra persona. No sé por qué, pero me quedo mirándolo. Tengo los ojos pegados a él mientras camina, el rocío de la mañana hace de manta bajo nuestros pies y el sol tiñe de ámbar el césped salvaje.

Se da la vuelta.

—¿Por qué sigues mirándome?

—¡Estoy esperando a que vuelvas a adquirir tu forma de robot!

6

Viva me mira con pena. Los tatamis rojos y azules ocupan todo el suelo hasta llegar al vestuario. La *sensei* es de Kioto y se llama Satchiko. En japonés significa «chica que trae buena suerte».

Hay otras ocho personas en el tatami, mis compañeros, observándonos, anticipando. Creo que les emociona ver a Viva darme una paliza. No solo se ha corrido la voz sobre el Viper..., también sobre Viva. Así que es posible que hasta hayan apostado. Mucho dinero.

Satchiko se echa atrás con elegancia, con el respeto que se concede al oficio.

Es un *dojo* de judo tradicional y yo estoy bastante segura de que nadie le ha hablado a Satchiko de mis entrenamientos de *eskrima*, *jiu-jitsu*, aikido o karate. No importa. Tampoco hace falta presentarme.

Viva y yo nos miramos. Ella arquea una ceja, seguro que se pregunta si pienso salir corriendo.

Yo asiento.

Se me acerca.

¡ZAS!

Sí, acabo de lanzar a Viva sobre el tatami. Todos en el *dojo* se quedan con la boca abierta. Todos salvo Satchiko. Satchiko es una verdadera japonesa.

Viva me mira desde el tatami.

Estoy segura de que está a punto de usar todos los tacos que conoce en inglés, español y *espanglish*, pero, al ver a Satchiko allí de pie con la dignidad del monte Fuji, se lo piensa mejor.

Se levanta y se sacude la ropa.

Satchiko nos hace un gesto para que lo hagamos otra vez.

Viva vuelve a ponerse delante de mí, esta vez alerta, preparada para atacar.

Satchiko asiente y Viva se me echa encima.

¡ZAS!

Este ha sido más fuerte. En realidad ha sido por su culpa. Yo solo he utilizado su velocidad. De nuevo todos se quedan con la boca abierta.

Viva se queda tirara en el suelo unos segundos, perpleja, mirando al techo. Supongo que pensaba que esta vez podría vencerme.

Satchiko me mira y asiente con la cabeza, señal de que hemos terminado.

Estiro el brazo para ayudar a Viva a levantarse. Ella se queda mirándome la mano.

Me doy cuenta de que lo último que quiere es darme la mano. Lo entiendo. Acabo de humillarla delante de todo el *dojo*. Igual que me humillé yo al estrellar el Viper.

Satchiko se queda ahí parada, muy tranquila.

—La montaña permanece inmóvil ante su aparente derrota frente a la niebla.

Parece que el mundo podría estallar en mil pedazos y Satchiko seguiría ahí como un sauce milenario.

Yo dejo la mano ahí para que Viva la tome.

Quizá os preguntéis por qué no hago uso de mi sarcasmo habitual. No es eso lo que hacen aquí. En lugares como este aspiras a ser como Satchiko, tranquila como el lago que rodea el templo dorado de Kioto.

Viva respira profundamente, se rinde y acepta mi mano y mi ayuda. Una vez en pie, se frota la espalda y me mira con curiosidad.

No importa. Sé que pensaba que yo era una palurda. En realidad se trata de eso, de que no te vean venir. Las artes marciales no son solo llaves. Preguntadle a Satchiko.

Según abandonamos el *dojo*, asentimos como muestra de respeto y salimos.

—*Arigatou gozaimashita.*

Todo ha estado genial, gracias.

Cuando salgo oigo a Satchiko decir:

—*Jukuren shita taka wa sono kagidzume o kakushi.*

Que significa:

«Un halcón inteligente esconde las garras».

Se lo digo a Viva, que en este momento está muy enfadada con todo lo que tiene que ver conmigo.

Se frota la espalda y murmura:

—Sí. Las esconde tan bien que lo confundes con un pavo.

—Un momento. ¿Acabas de llamarme pava?

Pero sonrío. Es lo más amable que he oído desde hace tiempo.

7

Estrategias para hacer que Gael García Bernal se enamore de mí:

1. Que me atropelle un coche. Quedarme tendida en el suelo con un vestido vagamente étnico, pero que no se apropie demasiado de la cultura. Quizá dejar un muslo al descubierto, o al menos una rodilla. Asegurarme de que me atropellen de refilón, para quedar magullada, pero no parecer salida de una película de terror, con media cara arrancada. No, no. He de tener un aspecto deseable y descuidado. Lo justo para que, inconscientemente, piense en mí tumbada a su lado después de haberme poseído. En esta escena, me imagino la calle de adoquines. De fondo aparece la tía de alguien tendiendo la colada.

2. Convertirme en su traductora por accidente. Meterme en una situación en la que él se encuentre en un país extranjero y necesite a alguien que le traduzca del español al ruso (o al francés o al chino). Todo parecerá azaroso y predestinado. Él me mirará con gratitud y yo me sonrojaré. A él le resultará algo encantador y me invitará a cenar o a tomar algo, o quizá a dar un paseo por el parque y mirarnos el uno al otro.

3. Acosarlo.

Estoy bastante segura de que el número tres sería el plan con menos probabilidad de éxito, pero quizá sea necesario para poner en práctica cualquiera de los otros dos.

Vale, seguro que os estáis preguntando por qué de pronto estoy obsesionada con Gael García Bernal. Y seré sincera con vosotros. Es algo repentino. Veréis, lo que pasó es que... me di un atracón a ver cosas. Empecé con *Mozart in the Jungle*. Ese fue el entrante. Luego pasé a *Y tu mamá también*. Ese fue el plato principal. Después *Diarios de motocicleta*. Claramente el postre.

Así que ahora soy una causa perdida.

En mis fantasías, él y yo estamos estudiando y él está a mi lado y yo estoy muy nerviosa y siento mariposas en el estómago, y entonces (ahora viene la mejor parte) ambos nos quedamos callados un momento. Ahí es cuando yo me pregunto si estará enamorado de mí o si no soy más que una idiota. Y entonces me besa. Es un beso largo y supersexi en el que me cuesta mucho concentrarme porque estoy pensando: «Por favor, que piense que beso bien. Por favor, que piense que beso bien. Por favor, que piense que beso bien».

Y ahí acaba la fantasía.

Y me encanta esa fantasía. Porque es una realidad en la que entraría de buena gana y de la que jamás regresaría. Si Dios se me apareciera y dijera: «Hola, Paige, hija mía. ¿Quieres quedarte en la realidad propiamente dicha o te gustaría quedarte en esta otra realidad en la que besas a Gael García Bernal? ¿Qué eliges... para la eternidad?». Y yo no tardaría ni un segundo en responder: «Voy a tener que decantarme por Gael, Señor».

¿Por qué lo sé? Bueno, cada vez que tengo ese sueño, me quedo muy decepcionada al despertar. Devastada.

Además, ahora que he roto con todos mis novios, o han roto ellos conmigo, solo estamos Gael y yo. Es con él con quien fantaseo. Yo sola. Durante la comida.

La comida tiene lugar en una cafetería aséptica propiedad del gobierno. En este momento Madden se acerca a mí con una bandeja de plástico.

—¿Soñando despierta?

—No. Estaba pensando en estrategias para hacer que Gael García Bernal se enamorase de mí.

—¿Perdona?

—Todavía no hemos llegado al punto en que nos acostamos, pero confío en que suceda pronto.

—Eh..., vaaale. —De pronto Madden parece desear haber escogido otra mesa.

—¿Tú tienes sueños, Madden? ¿Los robots sueñan? Dime. ¡Necesito saberlo!

—¿Quieres que se lo pregunte a mi aspirador Roomba?

—De hecho, ahora que lo pienso, ese me resulta un criterio más apto que el del test de Turing. Sueño, luego existo.

Se sienta junto a mí y saca su móvil, siempre presente.

—¿Tienes a Elon Musk en ese chisme? Quizá él tenga algo que decir sobre el tema. Además, me gustaría visitar su fábrica.

—¿De verdad? ¿También quieres estrellar un Tesla?

—Estaba pensando más bien en el cohete espacial.

—Mira, Paige..., es mejor que sigas con esa lista de estrategias.

—¿Qué?

—Para tu historia de amor con la estrella de cine, sea cual sea su nombre.

—¿En serio? ¿Por qué? Dios mío, ¿mi compañero en la misión secreta es Gael García Bernal? Por favor. Por favor, dime que nos enamoraremos en un barco que cruza el Bósforo en Estambul. Hará frío por el viento, ¡pero él me dejará su chaqueta y me abrazará!

—Ten paciencia, aunque delires.

8

A todo el mundo se le da bien algo. A la adicta a la velocidad, de Los Ángeles este, se le da bien conducir. A mí se me dan bien las artes marciales. A ninguna de las dos se nos da bien llevar un paquete de veinticinco kilos a lo largo de treinta kilómetros por el barro.

Esto queda demostrado por el hecho de que todos los demás van por delante de nosotras y, sí, yo soy la última del grupo. Paige Nolan. La última.

Detrás de mí, Randall va gritando órdenes. Si os estáis preguntando quién es Randall, pues es un agente de entrenamiento afroamericano grandullón, y normalmente amable, que está haciéndome pasar un auténtico infierno plagado de humillaciones. En general Randall me cae bien, pero hoy me dan ganas de estrangularlo.

—¿Qué sucede, Nolan? ¿Hoy no has comido suficiente *kale*?

Es una broma.

Sentido del humor.

Me reiría, pero estoy a punto de derrumbarme sobre un montón de barro, sudor y lágrimas.

—No es fácil, ¿verdad, Bryn Mawr? ¿Quieres abandonar?

—No, señor.

—¿Qué ha sido eso?

—¡NO, SEÑOR! ¡NO QUIERO ABANDONAR, SEÑOR!

Dios, esto es una mierda. ¿Por qué estoy metida en esto? Todavía me queda un kilómetro y medio, pero no creo que lo consiga. Hace muchísimo calor y estoy bastante segura de que la humedad lo empeora. Así es la vida en Marte durante el día. Estamos en el quinto círculo del infierno. Esto es Oklahoma.

No sabía que te podían sudar las cuencas de los ojos.

Nunca te acostarás sin saber una cosa nueva.

Una de mis piernas deja de funcionar. O sea, yo la levanto. Es la primera parte de la zancada. Esa me la sé. Pero entonces, cuando la bajo, es como si desapareciera bajo mi peso, y caigo de cabeza en el barro.

No sé si sabéis lo que es caer de cara en el barro. No se parece a ninguna otra experiencia que pueda describir. Es como si el mundo te diera una bofetada en un momento de dolor, sí, pero lo que más te duele es la completa humillación. No se puede caer más bajo. Y puedes saborearlo. El barro. Porque tienes la cara hundida en él. Estás literalmente comiendo barro.

Jesús, María y José.

Y todos los santos.

No puedo con esto.

En algún lugar, detrás de mi cabeza, oigo a Randall gritando más insultos, pero para mí no son más que ruido y furia que no significan nada.

Porque no voy a levantarme. Ni hablar.

Estoy harta.

Mirad, ha estado bien y lo he intentado.

Pero se acabó.

Finito.

Pero entonces la oigo. Oigo a mi madre desde las profundidades de mi sueño. Oigo los gritos. Las ametralladoras apuntando al aire. Mi madre grita por mi padre. Y entonces las ametralladoras disparan. Oigo los disparos.

Me levanto y echo a correr.

Es como si hubiese sido el disparo de salida.

Y dejo atrás a Randall.

No dejaré que entren dócilmente en esa buena noche.

Me enfureceré ante la muerte de la luz.

9

—¿Sean Raynes? ¿El jodido Sean Raynes?

Madden esperó a que saliéramos de la cafetería industrial para comunicármelo. Supongo que no quería montar una escena. Ahora estamos en una especie de despacho bastante estándar y soso. Creo que la silla es de OfficeMax.

—Afirmativo.

—Queréis que encuentre a Sean Raynes y que os diga dónde está. Sabes que eso es ridículo, ¿verdad? No tiene sentido.

—Sí que tiene sentido.

Madden no muestra expresividad alguna.

—Sabes que es un tío al que idolatro, ¿verdad?

—¿Cómo a Gael como se llame?

—No. Más aún. Lo idolatro y lo respeto. No en plan «Lo idolatro y quiero tener cinco hijos con él después de años recorriendo el mundo con noches de pasión desde Cinque Terre hasta Kioto». Esto es más bien admiración.

—Bien, entonces no debería suponerte un problema.

—No, no, no, no..., no lo entiendes. Esto es el equivalente a un culebrón. Es como... «La semana que viene en *Eagle's Crest*..., ¿acabará Priscilla Von Prissington viviendo en la calle, o heredará la finca de su familia al asesinar a su gemela idéntica y algo desequilibrada, a la que adora, pero de la que también siente celos?».

—¿Cómo será vivir ahí dentro?

—¿Dónde?

—En ese mundillo que tienes en la cabeza.

—¿Qué? No, mira, no intentes cambiar de tema. No pienso hacerlo, ¿vale? No. La respuesta es no. Ene o.

Nos quedamos callados. No está enfadado. Creo que probablemente sabía lo que le respondería. Decido aprovechar esta pausa para estudiar su despacho, que es mucho más zen de lo que imaginaba. Casi minimalista. No tiene un elaborado escritorio de caoba con pisapapeles y figuritas de patos, ni un regio sillón de orejas con estampado de pájaros donde me lo imaginaría leyendo *El rojo emblema del valor* como un patriarca patriótico pero intelectual, mientras encomienda tareas a sus subordinados.

No. Solo hay un escritorio gris de oficina, una silla de cuero negro artificial y una taza de café blanca con paquetitos de azúcar abiertos a su alrededor.

Es curioso, no me lo habría imaginado como un tipo dulce.

—¿Sabes? Deberías tener alguna frase inofensiva impresa en tu taza de café.

—¿De verdad?

—Sí.

—¿Como qué?

—Como... «Dale duro», o «No te dejes vencer», o quizá un gatito colgado de la rama de un árbol. «Aguanta ahí».

—Siento decepcionarte.

Ni siquiera hay una ventana por la que asomarme para reflexionar.

—No pienso hacerlo —le digo al fin.

—¿El qué?

—Matar a Sean Raynes.

—Eh, nadie ha dicho nada de matar. No se trata de eso. Mira, Paige, se ha estado hablando mucho. Tiene algo.

—Algo ¿como qué?

—Información adicional. Algo que mucha gente desea conseguir. Algo que podría ponerle en peligro. Parte de tu trabajo consiste en averiguar qué es exactamente.

—Sigo sin entenderlo. ¿Por qué yo? Tenéis miles de agentes mejores para hacer este trabajo.

—La verdad es que no. Solo tenemos uno: Paige Nolan.

—Vale, un inciso. ¿Qué tiene esto que ver con mis padres? Por eso estoy aquí, ¿recuerdas? No para realizar operaciones aleatorias con un traidor internacional.

—Te aseguro que no son operaciones aleatorias.

—Vale, bien, ¿y qué tiene eso que ver con mis padres?

—Me temo que eso no puedo decírtelo.

—En serio, dímelo.

—Paige, esto es lo que hay. No podemos contarles a todos los agentes todos los datos. Os matarían a todos. U os torturarían. O las dos cosas. Mantener la «negación plausible» es un procedimiento estándar en las operaciones. Y necesito que confíes en mí, ¿de acuerdo?

—Entonces, para que nos aclaremos: eres un agente del gobierno y me pides que confíe en ti.

—Sí.

—¿Pretendes venderle hielo a un esquimal?

Él suspira.

—Paige. No es más que una sencilla misión para recabar información.

—Pero si has visto mi cuenta de Twitter. Lo sé todo sobre ese tío. Lo mencionaste durante nuestra entrevista falsa.

Se queda callado, mirándome con esos ojos azules tan penetrantes.

Y entonces lo entiendo.

—Y eso es lo que me convierte en la mejor candidata para esta operación en particular.

Sonríe, satisfecho al comprobar que su alumna ha entendido esta lección en particular, y me entrega una carpeta.

—Toma.

Acepto la carpeta, pero me quejo.

—¡Esto es ridículo!

—No, es la primera misión de Liberty.

—¿Quién es Liberty?

—Tú. Es tu nombre en clave. Pensé que te gustaría porque es muy... patriótico.

—Qué gracioso.

—Pero, en serio, tienes que conseguirme algo valioso con lo que negociar.

—Un momento. ¿A qué te refieres?

—No hay garantías, pero, si completas la misión con éxito, puedo lograr que reabran el caso de tus padres.

Esta habitación es demasiado triste y apagada como para invocar los nombres de mis padres. Sus nombres jamás deberían pronunciarse en este lugar gris donde las tardes se miden en cucharillas de café.

Quiero agarrar el escritorio metálico y lanzarlo por los aires.

—Así que Liberty, o sea yo, se va a ir a Rusia, va a encontrar a Raynes y..., no sé..., ¿darle cloroformo o algo así?

—Claro que no.

—Bien.

—Ya casi nunca usamos el cloroformo —dice con una sonrisa engreída.

10

Supongo que la idea general es que soy una estudiante extranjera de intercambio. En la Universidad Estatal de Moscú. Que es como el Harvard de Rusia. Así que soy una estudiante extranjera de intercambio lista. Sinceramente, creo que podrían encontrar algo mejor. ¿Por qué no convertirme en chef o en acróbata o en algo con un poco más de gracia? En fin, me imagino que el punto fuerte aquí no es la creatividad.

En realidad, no debería sorprenderme que el asiento contiguo al mío en clase turista en el vuelo hacia Moscú, que hasta ahora estaba vacío, de pronto esté ocupado por cierta persona conservadora, aunque no carente de atractivo, llamada Madden.

Se deja caer junto a mí.

Justo cuando empezaba a disfrutar de mi segundo vodka con tónica.

—Es bastante vergonzoso que no dejes de seguirme.

Él sonríe con suficiencia.

—En palabras de Aerosmith: sigue soñando.

—Sabes que ese tío tiene como ciento tres años, ¿verdad?

—¿Qué tío?

—Ya sabes, el tío de la boca.

—¿Estás hablando de Steven Tyler?

—Puede. No estoy segura.

La auxiliar de vuelo pasa y sonríe a Madden durante demasiado tiempo.

—Está flirteando contigo. ¿Vuelas en primera?

—Por supuesto.

—Capitalista. Entonces, ¿a qué debo el honor de esta visita a tercera clase?

—Me gustaría que le echaras un vistazo a esto.

—¿A tu pene?

Deja caer los hombros y suspira.

—¿Por qué eres tan molesta?

—Nadie lo sabe. Es uno de los grandes misterios de la humanidad, como quién construyó las pirámides o por qué el aparcamiento de Trader Joe es tan resbaladizo o por qué Donald Trump es de color naranja.

—Toma. Echa un vistazo.

Me muestra una fotografía anticuada. No me refiero a una fotografía en blanco y negro. Me refiero a una fotografía anticuada. Porque es una fotografía. Impresa en papel. Papel de un árbol.

—Estáis a la última en tecnología.

Niega con la cabeza para mostrar de manera casi imperceptible su decepción.

—Analógico. No se puede piratear.

Ah.

—Voy a darte esto, vas a memorizar esta cara y después vas a quemar la foto. Por favor, espera hasta que hayamos aterrizado.

En la fotografía aparece un villano de manual que me mira. Bueno, no es que me mire a mí exactamente, porque la imagen parece sacada de una cámara de seguridad que está muy por encima del ojo humano. Pero, sea a quien sea a quien mira, será mejor que esté preparado. Tiene el pelo negro, lleva una chaqueta negra y, obviamente, su corazón es negro.

—Vaya. ¿Seguro que no habéis sacado a este tío de un castin?

Nos quedamos mirando la fotografía. Nos recorre un escalofrío. La verdad, parece que este tío podría cortarte el cuello a cambio de un dólar.

—Oleg Zamiatin —dice Madden.

—Nunca pensé que diría esto, pero tiene cara de Oleg.

—Es uno de los soldados Spetsnaz más condecorados de Rusia.

—¿Spetsnaz?

—El equivalente a nuestros SEAL. Es un antiguo campeón olímpico de judo y asesino ocasional, y probablemente la última línea de defensa de Raynes si logras apartarlo del resto de agentes del FSB.

—Así que, en resumen, estás enseñándome la foto del tío que me va a matar.

—No. Te estoy enseñando la foto del tío con el que tendrás que tratar y, en el peor de los casos, al que te enfrentarás. Posiblemente en defensa propia.

—Genial. Es genial. ¿Puedo irme ya a mi casa?

—Recuerda, Paige, lo único que has de hacer es descubrir qué es lo que tiene Raynes. No pasa nada. Lo tienes controlado.

Por si acaso os lo estáis preguntando, FSB es el Servicio Federal de Seguridad de la Federación Rusa. Ya lo sé. ¿No debería ser SFS? Pero es el alfabeto ruso. Escritura cirílica.

Una cosa está clara: la KGB de la era soviética ahora es el FSB. Es una cuestión de marca. Es como si Halliburton un día dijera: «Eh, todo el mundo nos odia. ¡Vamos a cambiarnos el nombre a Palliburton!».

La misma mierda con diferente color.

—EL FSB le protege.

—Porque básicamente es una vergüenza para Estados Unidos y eso les encanta.

—Exacto. Y... tampoco saben qué información adicional tiene. Igual que nosotros, sea lo que sea, lo quieren.

—Supongo que hizo bien en irse a Rusia.

—Él no eligió irse a Rusia —responde—. Revocamos su pasaporte en espacio aéreo ruso. ¡No tuvo elección!

—Ah, muy considerado por vuestra parte.

—Sí, bueno, pero funcionó. Hasta la brillante Paige Nolan cree que eligió irse a Rusia. Y, para algunas personas, eso convierte a

Raynes en un traidor. —Hace una pausa—. He de admitir que no me puedo creer que lográramos engañarte.

—Con suerte no volverá a pasar.

Nos quedamos sentados durante unos segundos sin decir nada.

—¿Por qué te pones así?

—¿Qué?

—Te ha faltado lanzarte a mi yugular.

Madden tiene la mente en otra parte.

—No tengo ni idea de lo que estás hablando.

Se levanta y vuelve a primera clase.

Y yo me quedo allí sentada, mirándolo. Ha sido un momento Dr. Jekyll y Mr. Hyde.

¿Es posible que Madden sea más complicado de lo que pensaba? Quizá haya algo más allá de su actitud reservada...

Me quedo mirando la fotografía de Darth Oleg.

—De acuerdo. No pasa nada. Lo tengo todo controlado.

Esta es la manera que tengo de hacerme sentir mejor.

Ah, por cierto...

No funciona.

11

Vaya. No estaba preparada para la elegancia en el vestir de las chicas de por aquí.

Moscú es como una mezcla de París y Tokio. Y no hay manera de catalogarlo.

Los programas de televisión estadounidenses intentan hacerte creer en estereotipos idiotas. Como que todas las mujeres aquí tendrían que ser rubias platino, con abrigos de piel y joyas resplandecientes. No, no. Estas mujeres visten con una despreocupación bien estudiada que en el programa de *Project Runway* definen como «sentido del juego». Me bajé del avión hace cuatro horas, he estado dando una vuelta y ya tengo como diez atuendos diferentes que pienso imitar.

Y eso no es todo. Estas chicas de por aquí, estas damas..., se pavonean de lo lindo. No se disculpan, no se avergüenzan. Caminan por la calle, sobre los adoquines, como en una pasarela, con zapatos de tacón altísimos. Es lo normal: correr con tacones de aguja por calles adoquinadas como si fueras una página de *Vogue*.

Y luego, además, hay una verdad sorprendente. Esta ciudad, Moscú, es mucho más... encantadora de lo que habría imaginado. Quiero decir que la gente bromea diciendo que aquí todo es feo y aburrido. Que no hay nada más que edificios grises, colas de gente esperando la ayuda social y propaganda. Pues no... Hay rascacielos plateados que cortan el aire por detrás del Kremlin y otros cien edificios majestuosos que Walt Disney podría querer recrear en Disneylandia. «¡Y por aquí, amigos, las tazas giratorias del Kremlin! ¡Descubran la montaña rusa de la Plaza Roja de la Perdición! ¡Damas y caballeros, sopa rusa gratis con sus pastelitos!».

No hay más que darse la vuelta en cualquier dirección para ver las cúpulas bizantinas en forma de cebolla de las iglesias ortodoxas rusas con mil años de antigüedad que hay por todas partes. De color azul, rojo, siena, dorado, turquesa. ¡Turquesa! Casas, edificios, museos... pintados de rosa, de azul cielo, de amarillo, de verde lima, con molduras blancas en las ventanas, en las puertas y en las columnas. En Nueva York, cualquiera de estos edificios estaría en la guía del turista. Aquí, en cambio, están como si nada. ¿Quién sabe lo que serán? Miremos ahora hacia allí: un imponente edificio de la era soviética con «CCCP» (siglas en cirílico que, trasladadas a nuestro alfabeto serían URSS) grabado en lo alto, recordando un pasado horrible, que en realidad no fue hace tanto tiempo. No puedo evitar pensar en eso mientras paso frente a un café muy *kitsch* de la era soviética con un martillo y una hoz en la carta, irónicamente.

En serio, ¿qué lugar es este?

Para hacerlo todavía más raro, olvidaos de nuestro absurdo alfabeto tradicional. Aquí todo está escrito en cirílico. Recordad, «restaurante» se pronuncia «pectopah». Eso es muy útil.

Un dato curioso: en todos los sitios ponen tecno. No, no en plan «Aquí ponen mucho tecno». No. Me refiero a todos los sitios. En cualquier restaurante, bar, tienda de ropa, cafetería, gasolinera, dentista y guardería. Todo es tecno. En serio. No sé cuándo entró en vigor esta ley, pero creo que es obligatorio.

Voy absorbiendo todo esto según camino hacia el imponente campus de la UEM.

La Universidad Estatal de Moscú en sí misma se organiza en torno a un edificio alto y gigantesco, que fue el más alto de Europa hasta 1990. En general es elegante, pero hay algo mal en las proporciones. No sé bien qué es. No lo ubico. Hay edificios elegantes por todas partes, un jardín y un estanque inmenso.

Pero la elegancia termina ahí.

Esperad a ver la residencia.

—Esta es la residencia de la Universidad Estatal de Moscú. Compartes recibidor, lavabo y ducha. Hay una cocina comunitaria en cada planta, pero no te acerques al frigorífico...

Arruga la nariz con el clásico gesto de «puaj». Mi comité de bienvenida a la Universidad Estatal de Moscú consiste en una *babushka* nativa de la era de Stalin que me muestra la residencia, que es una mezcla de minimalismo Amish y refugio antiaéreo. De pronto, no importa que yo sea una espía en un país extranjero, enviada para sacarle información a la mayor amenaza para la seguridad de mi nación. De pronto, mientras contemplo la pintura azul turquesa descascarillada de las paredes, que casi seguro es de plomo, y las molduras del techo, pienso en lo que haría mi madre si lo viera. La verdad, me estremezco. Se lanzaría sobre mí y me sacaría a rastras de aquí. Se pondría de los nervios. «¡Dios mío, este lugar está lleno de productos químicos y pintura de plomo! ¡Hay moho! Y seguro que también amianto». Me sacaría de aquí sin pensárselo dos veces.

—¿Y qué tal de bichos?... *Kak yavlyayutsya oshibki?* —pregunto.

Ella me mira. Sé que está pensándose si decirme la verdad o no. Hablo ruso, así que no me considera una amenaza real.

Hace «así, así» con la mano y me sonríe con la boca abierta.

Menos mal que he traído mi mata bichos cien por cien orgánico.

—¿Y ratones? ¿Hay ratones?... *Kak myshey? Lyubyye myshey?*

Hace el mismo gesto.

Menos mal que he traído mi repelente de ratones cien por cien orgánico.

Se encoge de hombros y sonríe. ¿Qué le vamos a hacer? Ahora se aleja para presentarle a otra pobre estadounidense las auténticas maravillas y el envenenamiento progresivo de una residencia de estudiantes moscovita.

Pero yo estoy bien. Estaré bien.

Cuando volamos sobre Moscú antes de aterrizar, tuve la impresión de estar en una atracción de feria, que todo esto no tenía sentido y que yo era idiota.

Me refiero a la posibilidad de recuperar a mis padres. Eso no es real. No es más que un extraño sueño que estoy teniendo y pronto me despertaré y estaré en Bryn Mawr, junto a uno de mis tres polvos de confianza y todo saldrá bien. Recogeré mi ropa y saldré de puntillas de su dormitorio antes de tener que mantener una incómoda conversación durante el desayuno.

Ya sabéis, como una persona normal.

Un paréntesis: la verdad es que no entiendo cómo alguien puede desayunar con una persona con la que acaba de acostarse. ¿Qué vas a decir? «Eh, ¿te acuerdas de eso que me hiciste anoche con la lengua? Pues me gustó mucho. Buen trabajo». O sea, en serio. Es mucho más fácil recoger tus botas y salir pitando. Siempre me entra el pánico en ese momento. Pienso...: «Por favor, por favor, no te despiertes, no te despiertes». El horror de tener que agacharme a por mi ropa, medio desnuda, y tener que hablar de trivialidades anula mis funciones cerebrales. Este miedo me ha llevado a abandonar más de unas bragas en un ataque de pánico.

Pero en ese momento, justo antes de aterrizar, contemplando la Plaza Roja y los rascacielos a lo lejos, habría preferido enfrentarme a esa conversación incómoda medio desnuda. ¿Qué diablos estoy haciendo? ¿Quién me creo que soy?

Pero entonces recuerdo a mi madre y el ataque de nervios que le entraría con la habitación de la residencia, llena de productos químicos tóxicos.

Me recuerda por qué estoy aquí.

En una ocasión cambió todos los colchones de la casa por un tema sobre liberación de gases y resistencia al fuego. Otra vez vació por el desagüe todos los productos de limpieza que guardábamos bajo el fregadero mientras miraba las etiquetas diciendo: «Oh, Dios mío». Después tiró todos los envases a la basura. Mi padre se quedaba ahí mirándola, divertido. Dios, cómo la quería...

Cómo la quiere.

Claro que sí. La quiere. Porque de eso se trata, de usar el presente. Están vivos y él la quiere y yo sigo queriéndolos.

Una vez estábamos en Belén, Palestina, porque mi padre estaba escribiendo un artículo sobre una escuela de arte que había allí, una escuela que había fundado un joven de un campamento de refugiados. Era una historia bastante inspiradora. Una historia de esperanza en medio del caos. Algo digno de competir por el Pulitzer. Fuimos a ver las obras de los estudiantes, que como mucho tenían diecisiete años. La más joven tenía cinco años; era una niña que había entrado en la escuela sin previo aviso y literalmente había agarrado un pincel.

Mi madre estaba hablando con la niña, preguntándole por sus cuadros. «¿Quién es este? ¿Quién es ese? ¿Y qué hacen?». La niña sonreía, un poco tímida, pero al poco rato tomó confianza con mi madre. Y estaba allí, junto a ella, con una sonrisa en la cara. Esa niña de Belén tenía los ojos marrones y muy grandes. No paraba de toquetear el collar de mi madre. Algo que ella había comprado en las calles de Estambul.

Y mi madre se dio cuenta de que no paraba de agarrarle el collar, fascinada con él. Una absurda mezcla de colores y lazos y piedras. Con hilo de bordar. Era un collar sin ningún sentido. Pero recuerdo que mi madre se lo quitó y se lo dio a la niña. Recuerdo que a la niña se le iluminaron los ojos. No podía creérselo. Era como si le hubieran dado un barco cargado de oro.

Y entonces la niña abraza a mi madre, como si la conociera de toda la vida, como si fuera una tía o una prima o una hermana.

Y yo veo la cara de mi madre por encima del hombro de la niña. Tiene lágrimas en los ojos.

Y sé por qué llora. Llora porque desearía poder hacer más. Porque se siente impotente. Y lo único que desea es ayudar a esa niña. Darle una vida mejor. Una vida sin violencia.

Y mi padre ve también a mi madre. Y me mira.

Compartimos ese momento.

En ese momento eso es lo que deseamos ser.

Mi madre.

Tiempo presente.

Está viva.

Y mi padre está vivo.

Y yo los salvaré.

A modo de respuesta, un ratoncito gris pasa por debajo de la estructura de la cama.

No pasa nada, ratón. Tú también formas parte del plan.

Parece que mi compañera de habitación aún no ha llegado, así que elijo la cama que me apetezca. ¿Quiero la cama que está junto a la pintura de plomo descascarillada que probablemente se me meterá en la boca mientras duermo, o la cama que está junto a la estufa deteriorada que inevitablemente causará un incendio a las tres de la mañana?

Me decanto por la estufa.

12

¿Recordáis que os dije que las chicas aquí visten de manera muy elegante? ¿Que quizá sean las más elegantes de la tierra? Bueno, pues confirmo mis sospechas cuando la veo. A mi compañera de habitación.

Ahí está, enmarcada por el umbral de la puerta.

Hay muchas cosas que me gustaría decir sobre esta chica. Mil cosas. Pero se me paraliza la lengua por el hecho de que lleva una chaqueta que deseo robarle.

Voy a describiros cómo es. No tendrá sentido. De hecho, parecería fea, pero no lo es. Oh, Señor, desde luego que no lo es.

Es de un color entre beis y mostaza, y es una gabardina, atada a la cintura y con dos filas de botones. Pero eso no es lo llamativo. Lo llamativo es que... el cuello de la gabardina color mostaza es como si un extraterrestre hubiera hecho un collar/cuello con piedras extraterrestres. Color melocotón, azul eléctrico, anaranjado, beis y negro. Con formas cuadradas y triangulares.

Lo sé.

Suena horrible.

Pero es la prenda más elegante que creo haber visto jamás. Como si se lo hubiera comprado a un vendedor ambulante por muy poco dinero en algún lugar remoto, o quizá sea alta costura y cueste una millonada.

Pero esperad, ¡hay más!

Su pelo. Sí. Su pelo. La parte superior es castaña oscura, casi negra. Luego viene el flequillo recto, que le cruza la frente, y después el pelo oscuro se vuelve claro, luego adquiere una tonalidad beis pálido. Rubio no, beis. Casi gris topo. Y la melena termina justo por debajo de los hombros.

Qué coño es esto.

No sabía que compartiría habitación con la equivalente rusa femenina del difunto David Bowie. Santo Dios. Contemplo mi camiseta de «#arrestadaCheney» y pienso que habría tenido que poner más empeño en mi elección de vestuario.

Ella sonríe.

—Tu camiseta. Me gusta.

Así que le gusta mi camiseta de «#arrestadaCheney». Vale. Vale, eso está bien. Hemos empezado con buen pie.

—Veo que me has dejado la cama junto a la pintura de plomo.

Señala hacia la cama vacía.

—Pensaba que los rusos, no sé, bebían plomo en el desayuno o algo así.

—Qué graciosa eres. A ti te mataré la última.

Silencio.

Y entonces se echa a reír. Es una risotada grave que, en cierto modo, me da la bienvenida a este lugar.

—Toma. —Saca una botella—. Vodka de Georgia. Bebemos.

Pues bien, amigos, cuando aterrizas en Rusia y la doble de cuerpo de Ziggy Stardust te dice «Bebemos», entonces bebemos.

Es por puro protocolo.

Y mi madre me crio para ser educada.

13

Se llama Katerina, por supuesto. Katerina Markova.

Y así es como bebemos.

Katerina me lleva por las calles de Moscú, pasamos por la plaza Manege y por el parque Gorky y acabamos frente a un edificio anodino que hay al final de un largo callejón.

Presiona un número metálico de la lista del telefonillo y la puerta se abre. Nos encontramos con un tramo de escaleras de cemento. Al llegar al primer rellano, nos cruzamos con una chica que baja corriendo, vestida con medias hasta los muslos y una chaqueta marinera abrochada hasta la barbilla, con hombreras. Nos ignora, salvo por un ligero movimiento de su cabellera bermellón. Yo sigo a Katerina unos escalones por detrás hasta que llega a una puerta que está entreabierta.

Katerina me mira, me dirige una sonrisa propia del gato de Cheshire y abre la puerta.

Y ahora sé por qué me ha sonreído así.

En el exterior todo es gris, apagado y soso. Pero abrir la puerta de este lugar, este lugar secreto, es como abrir la puerta a un mundo maravilloso de utopía hípster en tecnicolor. Aquí todo el mundo parece salido de Echo Park o Williamsburg u Oberkampf. Podrías apuntar con la cámara en cualquier dirección y tendrías la portada de un disco.

Hay cigarrillos rosas y dorados que guardan en bolsos, pelos cardados, jerséis extragrandes, tirantes, bigotes extravagantes, chicos escuálidos que parecen recién levantados y, ahora..., nosotras. Me espero una recepción por todo lo alto, porque este parece el epicentro del universo *cool*.

Pero no.

Katerina está en su ambiente.

Se sienta a la cabecera de una mesa larga, iluminada por la luz de las velas, con las paredes pintadas de verde y obras de arte por todas partes, arte de verdad, de gente de verdad, que probablemente esté sentada a esta misma mesa en este mismo instante. Es una mesa muy larga, por cierto. Habrá unas veinte personas sentadas. Y además hay otras mesas. Pero, según parece, esta es LA MESA. Y, a juzgar por las caras de la gente, Katerina es la persona más influyente aquí.

Vale, puedo con esto. He aterrizado hace solo cuatro horas, pero no pasa nada.

—Es un club secreto —me dice a modo de explicación—. Surgió después del telón de acero. Tenemos que hacer cosas divertidas en secreto.

Tras ella hay un espejo gigante con marco dorado. Me veo reflejada y espero estar a la altura. Seguramente no lo esté.

—Ahora vamos a averiguar qué estás haciendo aquí —anuncia.

Ya me está sirviendo el tercer chupito de vodka, pero ¿quién lleva la cuenta? Esta gente bebe. Hablo en serio. Bebe de verdad.

Katerina me dedica de nuevo su sonrisa de gato de Cheshire.

—Bueno, Paige de Estados Unidos, ¿eres espía?

14

Me pasan por la cabeza unas quinientas cosas a la vez. Quinientas respuestas posibles que podría dar. Es como en esos libros de *Elige tu propia aventura:* respuesta A, pasa a la página 137 y acabarás en una cueva donde te devorará un oso; respuesta B, pasa a la página 5 y te encontrarás con un Kaláshnikov apuntándote a la cara. (Para los que no estéis familiarizados con la terminología del espionaje, un Kaláshnikov es un Uzi ruso. ¡Gracias, entrenamiento paramilitar!).

Estoy a punto de dar una respuesta cuando un chico muy delgado de pelo oscuro vestido con una sudadera se coloca detrás de Katerina. Tiene ojeras, pero no carece de atractivo. Parece un cachorrito somnoliento e inofensivo. Y al mismo tiempo resulta algo patético. Como un Justin Bieber eslavo.

Se queda mirándonos.

Yo le devuelvo la mirada.

—Sí. Sé que os morís por saber cómo me llamo, así que no os haré esperar más.

Espero que Katerina lo mande a paseo, pero sigue mirándolo plácidamente. No entiendo por qué.

—¿Te gustan clubes? ¿Te gusta *hip-hop*? ¿Quieres *beatbox*?

Hay un silencio muy incómodo mientras yo contemplo mi vaso de vodka y Katerina no dice nada.

—Creo que te está preguntando a ti, Paige de Estados Unidos.

—¡Ahhh! ¡Eres estadounidense! ¡No me extraña que seas tan pija y malcriada!

Me vuelvo hacia Katerina y la miro como diciendo «¿Habla en serio?».

Katerina intenta darme una explicación.

—Normalmente, en Moscú, si alguien, un hombre, se te acerca y empieza a hablarte... se supone que has de contestarle.

—¿En serio? Pero si ni siquiera lo conozco.

—Es una cultura diferente.

—¿Y si es un violador?

Ella lo señala.

—¡Míralo! —Se ríe—. No es violador.

—¿Hola? Estoy aquí. ¿No me ves? —El muchacho se señala a sí mismo.

Yo me inclino hacia Katerina.

—No entiendo nada. ¿Es que tengo que hablar con cualquier tío que se me acerque? ¿Ser amable?

—Sí —responde ella con una sonrisa.

—¿Con cualquiera? ¿Aunque tenga miembros de más o algo así?

—Sí.

Yo suspiro.

—De acuerdo. Voy a hablar contigo. No estaba intentando ser grosera ni nada de eso. Es que... en Estados Unidos no hablamos con cualquiera. Por los asesinos en serie. Sin embargo, y en respuesta a tu pregunta..., sí me gustan los clubes. Sí me gusta el *hip-hop*. Lo del *beatbox* no lo tengo tan claro, pero te agradezco el esfuerzo.

—¡Me encanta Young Jeezy! ¡También es estadounidense!

—Bueno, sí, pero yo no soy como él.

—Eres estadounidense como él. ¡Él es el mejor!

Katerina me mira divertida.

—¿Te resulta horrible?

—¿El qué?

—Hablar con desconocido.

—Si he de ser sincera, sí. Me resulta incómodo. No es mi punto fuerte. Ni siquiera en mi país. Pero, ya que estás aquí, y como estamos en un club supersecreto, haré el esfuerzo.

—Soy Uri —me dice el chico—. Uri Usoyan. ¿Y tú eres?

—Katerina.

Asiente con la cabeza.

—Encantado de conocerte, Katerina. ¿Y tú? ¿Cuál es el nombre de la chica estadounidense?

—Paige.

—Paige. ¿Como «página» en inglés?

—Bueno, algo parecido.

—Quizá algún día Uri te lea algo. —Sonríe.

Puaj.

—No sé qué significa eso exactamente, pero estoy intentando no ser «chica estadounidense inaccesible y malcriada», así que sonreiré. Y además acabo de decir eso en voz alta.

Katerina se ríe.

—Toma. Más vodka.

Me sirve el que debe de ser mi quinto chupito y me da una palmadita en la espalda.

—No te preocupes. No te abandonaré en la calle.

Uri se vuelve hacia mí.

—Me gustaría que conocieras a mi amigo, alguien muy cercano a mí. Es... mi pene.

Yo escupo el vodka.

—¿Qué? ¡Dios mío!

Katerina suelta una carcajada.

Uri me guiña un ojo.

—Es broma. ¿Ves? Inofensivo. Luego te encontraré, empollona estadounidense. Siempre encuentro chica mona.

Se aleja.

—¿Te gusta?

—Eh..., no sé qué es lo que acaba de ocurrir.

—Pero ¿te gusta?

—No es mi tipo. Es un poco lisonjero, de hecho.

—¿Qué es lisonjero?

—Adulador. Y embaucador.

—¡Ah! Bueno, eso es porque resulta ser hijo del mafioso más famoso de Moscú.

—¿Hablas en serio?

—¿Ves? Te dije que tuvieras más cuidado de con quién hablabas.

Me guiña un ojo y yo agito la mano con un gesto de borracha despreocupada.

Me quedo ahí parada unos instantes y después me derrumbo sobre la mesa.

Maldito vodka.

15

Tengo que contaros una cosa.

Antes de que os lo cuente, dejad que os explique... En este momento no soy consciente de que esto está ocurriendo. Lo descubro más tarde.

Pero voy a contároslo aquí y ahora, porque es ahora cuando está ocurriendo de verdad. Y os lo voy a contar para que os deis cuenta de lo jodida que estoy ahora mismo. Porque esto es importante.

Lo que voy a compartir con vosotros es otra grabación. De hecho, compartiré bastantes. Así que preparaos. No voy a contaros dónde las he conseguido ni cuándo, porque eso estropearía la diversión, ¿no es así?

Vosotros limitaos a mirar.

Observad.

Reíos a mi costa.

En serio.

Porque, si hubiera sabido que estaba pasando esto, bueno, habría tomado el primer vuelo de vuelta a Filadelfia.

Así que, sin más preámbulos, acompañadme... en esta grabación.

Lo sé, lo sé. Vosotros seguidme y no hagáis mucho ruido. No quiero que os oigan.

Lo que estamos viendo ahora mismo es un restaurante muy pero que muy elegante de Moscú. Aquí es donde come Vladimir

Putin cuando no está pescando a pecho descubierto, o invadiendo países vecinos a pecho descubierto, o posando para calendarios a pecho descubierto. Sí, hay un calendario de Putin sexi. De enero a diciembre, muchos pectorales, mucha actividad al aire libre. Desde que me enteré, me muero por hacerme con uno. Quiero ponerlo en mi habitación. Irónicamente, claro. Pero ¿sabéis qué? Están agotados.

En fin, volvamos al vídeo. Vemos la imagen desde el techo. Supongo que desde una lámpara de araña. A saber cómo sería la cámara. Sea lo que sea, debe de ser pequeña, porque básicamente estamos encima de la mesa.

Si no hubiera un enorme hombre calvo con gafas oscuras sentado a la mesa, uno pensaría que hemos viajado atrás en el tiempo. Al Barroco. Cada centímetro del techo, cada centímetro de las paredes, las puertas, las ventanas, la chimenea, todo está cubierto de blanco, azul, dorado o imágenes de un mural que tiene pinta de ser asiático. Parece que en cualquier momento podría entrar María Antonieta y proclamar: «¡Dejad que coman tarta!».

No voy a mentiros. Ojalá pudiera vivir en esta habitación. Es una locura, es excesiva, tiene mil adornos, dorado por todas partes y todas esas cosas que jamás pensaría que pudieran gustarme porque me enorgullezco de no ser una consumidora fetichista..., pero es alucinante. Sí, quiero vivir aquí. Con Gael García Bernal. Mi novio imaginario.

Pero ahora mismo la persona que vive aquí, o que está cenando aquí, es un hombre bastante corpulento, no muy atractivo, con poco pelo y gafas, al que os presentaré a continuación. No le miréis a los ojos. Es broma. Estamos viendo una grabación, ¿recordáis? No puede veros.

El hombre que está sentado debajo de nosotros, ajeno al hecho de que estamos espiándolo, no es otro que Dimitri Kolya Usoyan. En pocas palabras, el John Gotti de Moscú.

Si no sabéis quién es John Gotti, podéis consultarlo en Google. Venga.

¿Ya habéis vuelto?

Muy bien. Intentad seguirme.

¿Os acordáis del chico pesado que se nos acercó y empezó a hablar conmigo anoche en el club secreto? ¿Ese con el que tenía que hablar solo porque parece que aquí las chicas tienen que hablar con todo quisqui? Pues ese chico, Uri, es el hijo de este tío. Y este tío, Dimitri, al que estamos mirando desde el techo, parece capaz de enfrentarse a un oso. Y ganar.

Ahora fijaos un momento.

Junto a él hay una princesa de hielo y pelo rubio platino que parece ajena a todo cuanto le rodea y que lleva una hora mirándose el carmín de los labios en un cuchillo. Por razones obvias la llamaremos Elsa. Al otro lado de Dimitri se sienta un hombre con americana oscura. A juzgar por sus manos nerviosas, debe de ser uno de sus subordinados. Llamémosle Minion.

—¿Por qué tanto retraso?

—Hay FSB por todas partes. Oleg no se separa de él. No lo pierde de vista. —Minion parece un poco nervioso.

—¿Y el ruido?

—Sí, se oyen voces. No lo sabemos. Estamos intentando averiguarlo.

—¿Tenéis al niño del millón de dólares ahí sentado bebiendo café con leche y no hacéis nada? —Dimitri sonríe a Minion. No es una sonrisa amable. Es más bien una sonrisa de «te mato».

—Todo el mundo sabe que es el niño del millón de dólares. Por eso Oleg es el hombre adecuado para la misión. Debe de tener unos veinte agentes del FSB alrededor. Como la guardia personal de Putin.

—Da igual. Encontraremos la manera. Mientras tanto, búscame más postores.

—¿Cómo encontrar más postores si no sabemos por qué compiten?

—¿Intentas decir que el pirata informático de la libertad no tiene información valiosa en la manga? Debe de tenerla. Si no, la CIA ya lo habría matado. ¿Intentas decir que a los Estados Unidos no les importa tenerlo por ahí mientras ellos quedan como idiotas?

Minion niega con la cabeza.

—Los estadounidenses..., tan estirados con los desnudos.

—Consígueme más postores. O yo mismo me cargo a Raynes.

Y, sin más, el hombre calvo, corpulento y vil se levanta con su reina Elsa y ambos abandonan este templo palaciego a la ostentación, y posiblemente dejan que Minion se ocupe de la cuenta.

Así que ya veis. RAITH no es la única interesada en Raynes.

En resumen: Sean Raynes es una «persona de interés» para nosotros, para los rusos y para este tío, Dimitri, también conocido como el Cerebro de Moscú, que no actúa en nombre del gobierno ruso sino que, más bien, trabaja por libre.

La pregunta es: ¿cuánto tiempo podrá Raynes seguir siendo una «persona de interés» antes de convertirse en una «persona enterrada a dos metros bajo tierra»?

¿Y por qué no estará muerto ya?

Pregunta interesante. Pero volvamos a nuestra programación habitual, ¿de acuerdo?

16

Enhorabuena.

Habéis logrado llegar hasta el primer día de mi misión.

La Operación Hacer que Raynes se Fije en Mí comienza esta mañana. Mirad, no os ofendáis, pero ahora necesito que os mantengáis en segundo plano. De lo contrario, podríais echarlo todo a perder.

Os alegrará saber que he investigado un poco sobre Sean Raynes y he descubierto que resulta que sí tenemos algo en común.

A ambos nos encanta Elliott Smith.

Si no sabéis quién es Elliott Smith, dejad que os lo explique. Imaginaos las letras más hermosas y tristes del mundo acompañadas de la guitarra más hermosa y triste y cantadas por la persona más atormentada en la historia de la humanidad. Imaginaos ahora que esa persona hermosa, triste y atormentada se suicida y que toda esa música hermosa y triste que iba a componer a lo largo de su vida nunca verá la luz. Pero nos dejó la música que hizo antes.

Ese es Elliott Smith.

No os preocupéis. Cuando escuchéis una canción suya, lo entenderéis.

Resulta que Sean Raynes, el Sean Raynes a quien todos buscan, contra el que todos conspiran y al que todo el mundo envía fotos de desnudos (esto último es verdad, por cierto. Tuvo que escribir un tuit diciendo que, por favor, dejaran de enviarle fotos de desnudos), adora al profundo y atormentado Elliott Smith.

Así que mi plan de ataque es el siguiente:

Primero, me pondré mi camiseta de Elliott Smith, en la que no pone «Elliott Smith», porque eso sería demasiado comercial, sino «SAY YES». Es el título de una de sus canciones. Eso es todo. Solo pone «SAY YES» en cursiva sobre un fondo negro.

Segundo, me adentraré en el Café Treplev, que es un restaurante de madera escondido y lleno de libros que parece más una biblioteca privada que un establecimiento público. De hecho, se parece a la biblioteca que me gustaría tener algún día en mi mansión imaginaria sobre un acantilado con Gael. Ah, ¿que no tenéis una mansión imaginaria sobre un acantilado? Bueno. Podéis venir a la mía. Pero no robéis los jabones.

Madden me ha hecho el inmenso favor de facilitarme las rutinas habituales de Raynes y el lugar en el que más para es esta joya escondida, porque Raynes es muy *cool*, pero además quiere pasar desapercibido, por aquello de que todo el mundo quiere encontrarlo, matarlo y enviarle las fotos eróticas mencionadas anteriormente.

Si os estáis preguntando dónde estoy, me encuentro en un rinconcito del restaurante. Es un rincón de lectura. Llevo puesta mi camiseta de «SAY YES» y finjo estar tranquila, relajada, segura de mí misma, sin acosar a nadie.

Pero, claro..., ahí está él.

Oh, Dios mío.

Pensaba que tardaría al menos una hora más en aparecer. Supongo que los datos de Madden están desactualizados.

Ahí está Sean Raynes en todo su esplendor, con sus gafas y su pelo negro, delgaducho pero muy sexi. Lleva el pelo algo revuelto y es probable que no se haya afeitado en dos días, pero eso no hace sino acentuar su atractivo.

Cabe la posibilidad de que ahora mismo haya mariposas de verdad revoloteando en mi estómago.

Hablo en serio. Están ahí y creo que se están apareando.

El enemigo público más polémico de Estados Unidos se acerca al mostrador y pide un expreso.

Tras él, y probablemente a su alrededor, hay unos caballeros de aspecto tranquilo capaces de matarte, porque es posible que todo el mundo en este café sea un agente del FSB. No veo a Oleg. Supongo que estará acariciando a un gato en alguna parte.

Ahora el enemigo número uno de Estados Unidos está esperando su expreso.

Y ahora...

El enemigo número uno de Estados Unidos está mirando mi camiseta.

Yo finjo, sin ponerme como un tomate, que sigo leyendo mi libro, que es *Ruido de fondo* de Don DeLillo. (Una novela excelente que recomiendo a cualquiera que esté interesado, y que he elegido porque me parece lo suficientemente intelectual como para insinuar inteligencia, pero no tan pretencioso como para parecer forzado. En plan, si estuviese leyendo *Guerra y paz...*, sería demasiado evidente).

Gracias a mi sentido arácnido, percibo que ahora está examinando a la chica envuelta en la camiseta de «SAY YES». Es decir, a mí.

Piel clara. Pelo castaño. Leyendo un libro intelectual, pero no demasiado pretencioso, en inglés.

Y este momento mágico podría durar para siempre. De hecho, me gustaría que así fuera. Es emocionante dejarse examinar por la figura más controvertida de Estados Unidos. Resulta casi erótico.

Hasta que un idiota se pone delante de Raynes y le saca una foto con su iPhone. Y entonces un hombre robusto pero de aspecto diabólico, que sin duda será Oleg Zamiatin, agarra al idiota del brazo y lo lanza contra una mesa antes de hacerle pedazos el teléfono móvil.

Ay, Oleg. ¡Gracias por venir! Es la primera vez que nos vemos, pero sigo tus pasos desde hace tiempo.

El idiota se queda ahí tirado en el suelo, recuperándose, mientras Sean Raynes, a quien a partir de ahora pasaré a llamar el enemigo número uno más atractivo de Estados Unidos, sale de allí acompañado de todas esas personas del café en apariencia normales que resultan ser agentes del FSB. Hay muchísimos. ¡Incluso uno de los cajeros!

Sacan a Raynes prácticamente en volandas, pero, justo antes de salir por la puerta, y me refiero a escasos milímetros...

Gira la cabeza.

Y me mira.

17

Cuando regreso a mi habitación en la residencia, ahí está, mirándome desde encima de mi cama. El calendario de Vladimir Putin. ¡Ja! Supongo que Katerina me habrá conseguido una copia después de que en el club secreto asegurase borracha que deseaba tener uno.

Esta chica se ha propuesto conquistar mi corazón.

Tenéis que ver el calendario.

Julio: Vladimir Putin pescando con mosca y sin camiseta. Marzo: Vladimir Putin oliendo una flor. Noviembre: Vladimir Putin con un cachorro en brazos. Hablo en serio. ¡Un cachorro en brazos!

Me río para mis adentros. Katerina sabe lo que me gusta. Puede que sea mi mejor amiga incluso después de que regrese a Estados Unidos.

Un momento. ¿Tengo una nueva amiga?

Mejor dicho, ¿tengo una amiga?

Hay unos Beats rojos en mi maleta. Ya sabéis, los auriculares del Doctor Dre que a todo el mundo le chiflan. Y a mí también me chiflan. El único problema es que... yo no tengo unos Beats rojos. Qué interesante.

Los agarro y los inspecciono.

Debajo llevan pegada una nota: *Para ti, Bryn Mawr.*

Mmm.

Me los pongo e inmediatamente oigo a Madden.

—Sal. Ahora.

Ah. Ya lo entiendo. Instrumento de comunicación de subterfugio. Qué inteligente.

El río Moscova no está lejos, así que supongo que podría fingir que corro junto al río. Mientras escucho a mi jefe el espía.

—¿Qué sabes de tu compañera de habitación? Tú habla. Yo te escucho.

—Mola. Es guapa. Me ha conseguido un calendario de Vladimir Putin para que pueda masturbarme. —Juro que oigo cómo Madden se sonroja.

—¿Crees que es del FSB?

—No estoy segura. Aunque desde luego tiene la elegancia suficiente para ser una espía.

—¿Y qué hay de ese tal Uri? El del club secreto.

—¿Hablas en serio? ¿Cómo sabes lo de Uri?

—Oh, ¿me olvidé de decirte que llevas un micrófono oculto en el bolso? Y también una cámara. Por cierto, no sabes beber, Bryn Mawr. Tenemos algo que puede ayudarte con eso. Ya te lo daré.

—Gracias. Entonces, ¿habéis visto a Raynes esta mañana?

—Sí. Bien hecho. Espera un par de días antes de volver. No querrás parecer desesperada.

—Eh, gracias por tus consejos de hermana, amiga mía. Por cierto, me encantan mis aposentos de mierda.

—Queremos que tengas una experiencia auténtica. Oye, estate atenta a ese tal Uri. Acércate a él. Trata de encajar. Aunque jamás podrías encajar en ninguna parte.

—¡Ay! ¿Eso significa que no vas a llevarme a tu casa a conocer a tu madre?

—Paige, puede que te sorprenda oír esto, pero a mi madre le encantarías.

—¿De verdad?

—Sí. Le encantan las causas perdidas. Buenas noches.

Y clic, se corta la conexión con Madden y con Estados Unidos. Puede que esto suene patético, pero quizá en unos días lo eche de menos. Es curioso. Me considero muy cosmopolita, pero, cuando voy a alguna parte, empiezo a sentir morriña a los cuatro días. Totalmente patético.

Supongo que tendré que buscar un café que pretenda ser estadounidense y pedir un sándwich de queso y unas patatas fritas. Pero todavía no. Esperaré. Debería esperar al menos una semana, de lo contrario no me respetaré a mí misma por la mañana.

El sol está empezando a ponerse sobre el río Moscova y las nubes se han vuelto rosas y azules. Un barco blanco de recreo pasa por el puente. He de admitir que no estaba preparada para la belleza de esta ciudad. ¿Venecia? Sí. ¿Kioto? Por supuesto. Pero ¿Moscú? Sinceramente, ¿quién lo hubiera dicho?

Todavía no he llegado a la residencia cuando veo a Katerina.

—Ah, has salido a correr. Qué sana, chica estadounidense.

—No es justo que sea yo la que corre y tú la delgada, pero intento no centrarme en eso ahora mismo.

Ella sonríe.

—¿Te gusta calendario?

—Me encanta calendario —le digo. Es posible que tenga corazones de verdad en los ojos cuando lo digo.

—Esta noche tenemos invitación, ¿verdad?

Pasamos por delante del estanque de camino a la residencia. A nuestro alrededor los estudiantes van y vienen acelerados, con esa emoción que se siente al atardecer. ¿Qué ocurrirá? ¿Qué ocurrirá esta noche?

—¿Tenemos invitación? ¿A dónde?

—Al club. Nos invita tu novio, Uri, el chico gánster.

—¿Deberíamos ir?

Katerina se encoge de hombros.

Madden acaba de decirme que intente encajar.

—¿Sabes qué? Venga. Vamos.

—¿Estás segura? Su padre no es cosa de broma. Esto es Moscú, no Disneylandia.

—Katerina, en serio, ¿por qué crees que quiere ser amigo nuestro?

147

—La respuesta está en tus bragas.

Yo vuelvo a hacer un gesto con la mano para quitarle importancia a sus palabras.

—Hablo en serio, Paige estadounidense... Estos lugares, sobre todo con un gánster, no son moco de pavo. Y todo el mundo sabe que los estadounidenses son como bebé pequeño que no sabe lo que pasa.

—Sí, soy bebé pequeño. Llévame al club. Dame bibe.

Katerina sonríe.

—Supongo que eres un bebé aventurero.

Yo sonrío.

—*Da.*

18

¿Qué haces cuando se acaba la Guerra Fría, más o menos, y te quedas con un puñado de búnkeres por todas partes?

Bueno, si eres ruso, supongo que conviertes uno de esos búnkeres en un club. Que es donde estamos ahora. Y, por cierto, se han esmerado al máximo con la temática de Stalin y la Guerra Fría. Aquí todo está escrito con esa fuente de Stalin y hay carteles de Lenin por todas partes. Pero creo que es irónico.

Hay una parte trasera, con su propia barra de vodka, donde está sentado Uri. Pensaba que habría más gente aquí atrás. Los VIP están muy solos.

Katerina y yo acabamos de entrar por la puerta cuando se levanta.

—Vayaaaa. Chica estadounidense. ¿Hablarás conmigo ahora?

—Bueno, ahora que nos han presentado correctamente, creo que no importa.

—Oh, qué correctos, los estadounidenses, mientras robáis los recursos mundiales.

No puedo decir que no esté de acuerdo con él.

—Pero lo hacéis con una sonrisa, ¿no?

Sonríe y nos hace un gesto para que nos sentemos.

—Por favor, Uri, no aburras a nuestra nueva amiga con tus ideas sobre la política exterior estadounidense. Ella es de las buenas. Cíñete a los temas triviales.

Me alegra que Katerina dé la cara por mí. No sabía que yo fuese una de las buenas.

—Dime, Paige, ¿por qué vienes a Rusia?

—Para hacerme lesbiana.

Uri da un trago a su copa.

—¡Qué graciosa! Haces chistes. Yo hago rimas.

—¿Perdona?

De pronto, Uri empieza a hacer *beatbox*.

—Eh, yo no vengo de Compton, que yo vengo del Kremlin, ven y sube a mi Bentley, móntate y vente a Pekín.

Uri me mira expectante.

Siempre resulta bastante incómodo cuando alguien empieza a rapear delante de ti. Sobre todo si esa persona es blanca.

—He de reconocértelo. No es fácil hacer una rima con «Kremlin». A mí solo se me ocurre «gremlin».

—¿Te gusta este club? —Hace un gesto con el brazo para que Katerina y yo nos quedemos deslumbradas—. Es como un sueño en mis pantalones.

—Creo que ahí hay algo que se ha perdido en la traducción.

Katerina sonríe y pide un vodka. Mejor dicho, una botella de vodka.

A esta botella, claro está, le siguen otras botellas y otros brindis y más botellas y más brindis... y, antes de que me dé cuenta, el techo de este búnker convertido en bar empieza a dar vueltas sobre mi cabeza.

Todo esto forma parte del trabajo.

Por suerte, no sucede nada relevante.

Salvo..., bueno, sí, hay una cosa.

En torno a las dos de la mañana se produce un tiroteo en el club.

Sí. Ese pequeño detalle.

19

Nunca sabes lo que harías si en el lugar en el que estás empezasen a volar las balas... hasta que te pasa.

Me gustaría pensar que yo sería especialmente valiente, pero lo que ocurre en este caso es que me escondo bajo una mesa y veo que Katerina coloca a Uri detrás de ella y empieza a disparar también.

Así que va armada.

Es bueno saberlo.

Yo, por mi parte, no voy armada. Yo, por mi parte, salgo de aquí con los guardaespaldas de Uri, con Uri y con Katerina la pistolera.

Lo curioso de montar un bar en un búnker es que por todas partes hay pasadizos secretos en los que esconderse, por los que escabullirse. El pasadizo supersecreto en el que nos encontramos está pintado de color bermellón brillante y tiene dibujado la silueta del Kremlin con un martillo y una hoz debajo. Pero no he venido aquí a disfrutar del arte totalitario.

Los guardaespaldas de Uri se quedan reteniendo a la multitud mientras nosotros tres corremos por un laberinto de cemento aparentemente interminable, con el zumbido de las balas de fondo.

¿He mencionado que no soporto las armas?

Parece que cada vez nos adentramos más y más en este vestigio infinito de la Guerra Fría, hasta que al fin Katerina abre una puerta y noto el aire frío en la cara. El frío de Moscú nos golpea cuando do salimos.

Todo esto estaría muy bien, si no fuera porque de la nada aparecen dos hombres muy musculosos y extremadamente rubios. Es posible que hayan salido del callejón o de una convención de bebidas Monster Energy. No estoy segura.

Se quedan ahí parados un segundo.

Y entonces uno de ellos le quita la pistola a Katerina de un manotazo.

Vaya, yo estaba intentando proteger mi identidad, pero ahora mismo creo que es posible que corra peligro de verdad junto a mi nueva amiga y a mi futuro e hipotético novio rapero.

¿Qué hacer? ¿Qué hacer?

—¡Tú! Ven.

El rubio sin cuello señala a Uri con un movimiento de cabeza. Aunque casi imperceptible. Se necesita cuello para hacer un gesto así. Sin cuello, es más bien un espasmo.

Katerina y yo nos quedamos paradas y supongo que ambas estamos manteniendo un monólogo interior.

Y entonces... pongo en práctica el truco más viejo de todos, y no puedo creerme que se lo traguen, aunque, seamos sinceros, no estamos tratando con Albert Einstein y Stephen Hawking.

Miró más allá de ellos, señalo con el dedo y grito:

—¡Dios mío!

Cuando se dan la vuelta para mirar, cosa que hacen porque tienen el cociente intelectual de un palo, recurro al arte del *muay thai*.

Y además, por si lleváis la cuenta, empiezo otra vez a ver la escena desde arriba. Estos momentos de tensión tienden a potenciar la necesidad de disociarme de mi cuerpo. Pero no importa. Si me dan una paliza, lo mejor es que no soy yo de verdad. Es mi otro yo. Ese en el que yo estoy metida.

Lo que tiene el *muay thai* es que se le conoce como el «arte de los ocho miembros». Significa que incluso las partes duras, como codos, rodillas y espinillas se ven implicadas. Como disciplina sirve básicamente para destrozar huesos, y no es apta para débiles. Es la clase de cosa a la que solo recurres en un callejón de Moscú.

Y estos tíos parecen capaces de levantar un camión. Quizá dos. Así que, ya veis, no tengo elección.

Katerina no lo duda ni un momento. Se pone en marcha como si fuera un lince y ambas nos pasamos los siguientes dos minutos luchando en equipo contra estos doscientos kilos de músculo. Os ahorraré los detalles aburridos, salvo por una patada voladora y un puñetazo de cobra de los que mi maestro del *dojo* estaría orgulloso, y que hacen que el cabeza hueca número dos acabe en el suelo. Un dato curioso: el cabeza hueca de Katerina ya está tirado en el suelo. Si yo pensaba que era buena, parece que Katerina es mejor.

La destructora que hay en mí saluda a la destructora que hay en ella. Porque, si yo soy cinturón negro, ella es cinturón Estrella de la Muerte.

Supongo que os preguntaréis qué hace Uri durante todo este tiempo. Yo desde luego me lo pregunto.

Pues básicamente se queda ahí parado como si fuera Dustin Hoffman en *Rain Man*. Está observando con cara de bobalicón. Sin decir nada. Con los hombros caídos y la cabeza ladeada.

Casi espero que en cualquier momento se ponga a recitar ecuaciones extremadamente complejas antes de pedir caramelo para las tortitas.

Lo bueno de que estos dos tíos sean tan grandes como el Everest es que son lentos como un caracol. Lo digo en serio. Van al ritmo de Alabama.

No me digáis que nunca habéis pedido indicaciones en Alabama. ¿No? Pues dejad que os lo explique. Si alguna vez habéis pedido indicaciones en Alabama..., todavía seguiréis escuchando. Y ahora. Y ahora. Y durante los próximos cinco años.

Pero Katerina se mueve a toda velocidad. Y yo al menos cumplo con mi parte del trato.

Por fin, cuando termina este baile tan romántico, cabeza hueca uno y dos están fuera de combate. No se miran el uno al otro porque creo que les avergüenza haber sido vencidos por una chica. Dos chicas.

Diría que me siento satisfecha, pero, recordad, soy pacifista.

—¿Sois los Ángeles de Charlie?

Uri sonríe. Katerina lo lleva a rastras por el callejón y yo los sigo, mirando hacia atrás para asegurarme de que los mostrencos siguen en el suelo.

Pasadas dos manzanas, Katerina para un taxi y nos montamos los tres.

—Dime un lugar al que no vayas nunca —le ordena a Uri.

—¿Qué?

—Un lugar al que nunca vas.

—¿La iglesia?

—De acuerdo. Vamos a la iglesia.

20

La iglesia de San Clemente, si estuviera en cualquier otro lugar de la tierra, salvo quizá en Roma, sería el punto emblemático que todo el mundo querría ir a visitar. Pero, como está en Moscú y aquí todo el mundo está obsesionado con la catedral de San Basilio en la Plaza Roja, pues no tiene el reconocimiento que merece. Sé que conocéis San Basilio; es la catedral roja con todas esas torres con borlas de colores en lo alto que todo el mundo saca en las películas para mostrar que están en Moscú. Como el Empire State de Nueva York. O la Torre Eiffel de París. La catedral de San Basilio es el plano de referencia de Moscú. ¿Veis? Estamos en Moscú. ¡Ahí está la iglesia roja con borlas de la Plaza Roja!

Pero San Clemente no se queda atrás.

La iglesia es toda roja, casi de un rojo anaranjado, con columnas y cúpulas blancas y unas borlas en forma de cebolla en lo alto. La azul es para María. Y la del medio, la cúpula dorada, es para Dios. Procede de la tradición ortodoxa rusa bizantina, con influencia persa, según dicen algunos. Lo que significa que da la impresión de que todos han ido añadiéndole más y más cosas hasta que no solo resulta bonita, sino también una locura. Y me encanta. Tiene algo alegre. Alegre y elegante y sorprendente.

Los tres nos sentamos en un banco de la plaza que da a San Clemente. Uri, Katerina y yo. Estamos emocionados, como si hubiésemos montado en una montaña rusa. ¿Alguna vez habéis hecho *puenting*? Pues después te ríes como loco y sientes que has esquivado a la muerte. Sí. Así nos sentimos ahora.

Soy yo la primera en hablar.

—Eh..., ¿alguien sabe qué acaba de pasar?

Pero Katerina cambia de tema.

—¿Cómo es que sabes pelear así, Paige estadounidense?

Yo me encojo de hombros e intento quitarle importancia con una carcajada.

—Mi madre. Era un poco paranoica y quería que fuese capaz de defenderme sola.

—¿Defenderte de qué? ¿De un ataque nuclear? —pregunta Uri.

Katerina no para de mirarme, no parece que se lo trague.

—Ya que estamos jugando a las preguntas, ¿qué me dices de la pistola?

—¿A qué te refieres? —pregunta ella.

—Ya lo sabes. El palo mortal que llevas en la mano.

Se encoge de hombros.

—Tengo que defenderme.

—¿En serio? Venga, déjame ver.

Katerina me entrega la pistola. Es una Glock. De las que usan los polis. Poco original.

—Ah, mola.

Eso es lo que digo antes de bajar los escalones y tirarla a la alcantarilla.

Cae al agua. No se la volverá a ver.

—Pero ¡qué coño haces! —Katerina no puede creer lo que acabo de hacer. No la culpo. Yo tampoco puedo creérmelo.

—Las pistolas son para los perdedores machitos que no saben pelear. Y tú no la necesitas. Es evidente.

Uri y Katerina meditan sobre esto. Aunque me doy cuenta de que ambos están un poco perplejos.

—En Estados Unidos, mueren noventa personas cada día por armas de fuego.

Katerina se encoge de hombros. O porque no lo entiende o porque le da igual la importancia que tienen mis palabras. También puede ser que no le tuviera tanto cariño a la pistola. Lo cual resulta interesante. Esas cosas son caras. Quizá se la dio alguien... Si fuera de su propiedad, estaría muy cabreada.

—Una pregunta más, si se me permite: ¿cuándo pensabas decirme que eres Jackie Chan?

Katerina me dirige de nuevo esa sonrisa cómplice.

—¿Cuándo ibas a decirme tú que eres..., cómo se llama? Chuck Norris. Me gusta tener secretos. Son muy útiles para las sorpresas.

—Eso creo también yo, pero no puedo evitar pensar en ello. Quizá debería preguntarte yo a ti si eres una espía.

—¿Para quién? ¿Para Putin?

Katerina escupe en la acera.

—Tu expectoración me hace suponer que no eres una admiradora suya.

Katerina mira a su alrededor. Las paredes tienen ojos.

—¡Claro que soy una admiradora suya! —dice en voz alta—. ¿Por qué crees que tengo el calendario?

Vale, ya nos acercamos a alguna parte. Katerina es una tía buena que reparte de lo lindo a la que no le gusta Putin, pero que lleva una pistola.

La iglesia brilla frente a nosotros, iluminada sobre el cielo de Moscú. Uri recibe un mensaje.

—¡Ah! —Contesta al mensaje.

—Entonces, ¿le importaría a alguien decirme qué acaba de pasar?

Uri levanta la mirada.

—Sí, Paige estadounidense que tira pistolas a las alcantarillas sin preguntar. Yo te lo cuento.

Katerina se saca una botella de vodka del bolsillo para prepararse.

—¡Otra vez con el vodka! ¿Es que os las regalan al nacer?

Katerina sonríe con suficiencia.

—Vale, Paige. —Uri se inclina hacia delante y susurra—: Mi padre es un hombre importante. Y…, a veces, hombre importante tiene enemigos. Y, a veces, enemigo quiere ser hombre importante también.

—Todo de manera legal y respetable.

Uri sonríe.

—¡Ja! Paige, ya no estás en Kansas, ¿verdad?

—Nunca estuve en Kansas.

—Pero también me quieren a mí. No solo a papá. Quieren a padre e hijo. A los dos. ¿Lo entiendes? De lo contrario, no pueden ser importantes.

—Así que pretendes decirme que en mi primera semana en Moscú me veo inmersa en el intento de derrocamiento hostil del mayor mafioso de Moscú.

—Correcto.

—¿Puedo tuitear eso?

—¡No! —contestan Katerina y Uri al unísono.

—Relajaos. No pensaba hacerlo. —Los tres nos quedamos ahí sentados, en el banco, contemplando la belleza resplandeciente de la iglesia.

—Dime una cosa, Uri. Hablo en serio. ¿Qué se siente al ser el hijo de un tipo tan infame?

—No me gusta. Quiero estar en Estados Unidos. Ser estrella del rap.

Katerina y yo nos miramos. Ni siquiera ella se atreve a decirle que quizá sus sueños de rapero no se hagan realidad.

—¿Y qué me dices de ti, Katerina? ¿Tu padre también es un mafioso infame?

—No, mi padre es un cabrón muerto que nos pegaba.

Vaya.

—Lo siento mucho. Eso es horrible.

—¿Quieres saber por qué tengo cinturón negro? Pues ahí lo tienes. No te preocupes. No tenemos por qué hablar de ello. Somos rusos. No hablamos de sentimientos a todas horas y nadie tiene loquero.

—Creo que todos tenéis un loquero. Y creo que el loquero se llama vodka.

Eso les hace sonreír.

Katerina se gira hacia mí.

—¿Y qué me dices de ti, Paige estadounidense? ¿Tus padres viven en las afueras en una casita con una verja blanca y un perrito?

—No. Mis padres fueron secuestrados en Siria y puede que hayan muerto.

Eso les deja callados.

Los tres nos quedamos mirando al frente. Noto que Katerina y Uri se miran. Creo que de verdad daban por hecho que yo era una niña pija de las afueras con pósteres de Justin Bieber en las paredes y muñecas Barbie guardadas en el armario por motivos sentimentales.

Por alguna razón, decir en voz alta lo de mis padres lo empeora todo. Quizá sea mejor ahogar tus sentimientos en un tsunami de alcohol. Sin darme cuenta, empiezan a llenárseme los ojos de lágrimas mientras miro hacia el cielo y contemplo las agujas azules y doradas de la iglesia, con cruces en lo alto.

Katerina y Uri, uno a cada lado, me rodean con sus brazos. Me quedo allí sentada unos segundos, flanqueada por mis dos anfitriones moscovitas, mientras una lágrima resbala por mi cara. Nos quedamos así un rato.

No es algo falso. Ni forzado. O claustrofóbico, como me sucede cada vez que me enfrento a las emociones.

Hacía mucho que no sentía tantas cosas. Quizá incluso años.

Será mejor que pare.

Uri me pasa la botella y yo resoplo.

—Llorar mientras bebo vodka. ¿Ya soy rusa?

—No. Todavía te emborrachas con facilidad —responde Katerina.

Uri me da un codazo cariñoso.

—Pero no te preocupes. Conseguiremos que aguantes más.

21

¡Enhorabuena!

Habéis llegado a la operación Hacer que Raynes se Enamore de Mí, Segunda Parte: Vamos a Bailar.

Que conste que me gustaría admitir que mi acoso no está funcionando muy bien. He vuelto al café Treplev unas doce veces y Sean Raynes no ha aparecido ninguna de ellas.

Si os preguntáis si Madden está impacientándose conmigo, la respuesta es sí. Si os preguntáis si he perdido mis auriculares rojos Beats, la respuesta también es sí. Los he perdido debajo de mi cama, a propósito.

A ver, ¿acaso es culpa mía que lo del café Treplev saliera mal? No. No lo es.

De hecho, he ido a unos cuatro cafés diferentes por los alrededores y, en todos los casos, ha sido un fracaso.

Hoy he probado en un nuevo café. Главная, pronunciado «glavnaya», que significa «hogar» en ruso.

Y sí que me siento como en mi hogar. Siempre y cuando en mi hogar acosara al enemigo/patriota número uno de Estados Unidos. Aquí hay sofás color mostaza, sillones con tapizados de cuadros y lámparas de mesa. No está mal el sitio. Aunque nunca sabes quién se sienta en estos sillones. Ni durante cuánto tiempo. Como en los sillones de Starbucks que hay en mi país. Cuando piensas en quién podría haber estado sentado ahí y qué enfermedades contagiosas podría tener, ese cojín tan cómodo empieza a parecerse a una placa de Petri. O a una fábrica de pulgas. O a un hotel de piojos.

Voy por el tercer expreso y diría que mi ritmo cardiaco está entre el de un niño de cuarto curso durante un examen de deletreo y un adicto a la metanfetamina sin dientes de Misisipi.

Este café es un fracaso.

Lo cual me sorprende. Me había convencido a mí misma de que había una especie de fuerza externa que me guiaba hacia este lugar. Como si mis pies caminaran solos y aquí fuese a manifestarse el éxito. Como si la Fuerza me acompañase. Pero supongo que no he terminado mi entrenamiento *jedi*. Lo único que se ha manifestado de momento es un ligero dolor de cabeza producido por la resaca, cortesía del festival del vodka infinito de Katerina.

Hablando de resacas. Todo el mundo sabe que el único remedio eficaz es un sándwich de queso a la plancha, patatas fritas y una coca cola.

No me juzguéis. Son circunstancias desesperadas. Tengo resaca en un país extranjero y no he logrado llevar a cabo una misión de recopilación de datos. Necesito consolarme con la comida, y todos sabemos que hemos pasado un *diner* de camino hacia aquí.

De acuerdo. Allí que voy. ¡Frendy's American Diner!

Solo con poner un pie en este lugar ya me siento aliviada. No soporto ser tan descaradamente estadounidense, pero supongo que sí que lo soy, en términos moleculares.

Aquí los suelos son de cuadros negros y blancos, hay mesas con bancos a los lados, una gramola y vinilos colgados del techo. Alguien ha decidido poner a Elvis. Me parece bien.

Love me tender, love me true, all my dreams fulfilled...

Estoy segura de que Elvis no hablaba de cumplir sus sueños comiendo patatas fritas y bebiendo Coca Cola, pero nunca se sabe. Estamos hablando de Elvis.

Me siento a una de las mesas y pido un sándwich de queso,

patatas fritas, una coca cola, batido de zarzaparrilla con helado y tarta de manzana.

Y sí, la camarera se queda mirándome.

Es una camarera mayor con delantal rojo y sombrero rojo y blanco. Es un atuendo muy *kitsch*. Le daría mi visto bueno, pero no creo que le caiga muy bien.

(Nunca pareces caerle bien a nadie en Rusia. Así se comportan).

—He pedido por dos —digo llevándome la mano al vientre. Pero ella no pilla el chiste. No se puede traducir.

Hay minigramolas en cada mesa y me veo reflejada brevemente en la parte metalizada antes de apartar la mirada.

Soy una impostora. Una farsante. Está bastante claro que yo no era la persona más indicada para este trabajo. Alguien como Katerina, quizá. Pero ¿yo, que soy rara, una inadaptada social y no hay tangente por la que no me salga? La verdad, creo que Madden me sobreestimó. Todos me sobreestimaron.

No importa. Zarzaparrilla con helado, tú me entiendes.

Desaparezco en un vórtice de comida estadounidense y todos mis pensamientos, miedos y preocupaciones se convierten en un batiburrillo de grasa. Luego pago la cuenta. Me levanto para marcharme, sintiendo pena de mí misma. Estoy segura de que mi camarera también siente pena por mí.

Casi puedo oír sus pensamientos:

«Pobre chica estadounidense. Tan gorda, tan ignorante, tan sola».

Estoy a punto de salir de allí avergonzada cuando sucede.

Ahí está. Entra y se sienta a la barra.

Está solo.

Es Sean Raynes.

22

Ma. Dre. Mía.

Veo a Sean Raynes cuando ya estoy saliendo por la puerta, pero, al verlo, mi pierna izquierda se detiene e intenta darse la vuelta. Pero mi pierna derecha sigue hacia delante. Así que, básicamente, la mitad de mi cuerpo se está yendo y la otra mitad está de lado, perpendicular a mí misma. Y me he quedado de piedra.

Si os preguntáis si en este momento parezco *cool*, la respuesta sin duda es no. Sinceramente, parezco trastornada, o como un niño de primer curso paralizado por las ganas de hacer pis. La camarera me mira y arquea una ceja.

Pero Sean Raynes no se da cuenta, gracias a Dios.

En su lugar, se sienta a la barra, agarra una carta y pide patatas fritas.

Damas y caballeros, el héroe/traidor más infame de Estados Unidos está comiendo patatas fritas.

No soy solo yo. No puedes estar fuera de Estados Unidos demasiado tiempo antes de empezar a echar de menos lo que en condiciones normales considerarías patético, plebeyo y ordinario. Por muy erudita que te consideres.

A través del ventanal veo a Oleg, el guardaespaldas y posible Lord Oscuro. Supongo que Raynes quería algo de espacio.

La pregunta es... ¿qué diablos hago yo ahora?

Si me marcho, no aprovecharé este encuentro fortuito y aleatorio, que considero un regalo divino. Si me quedo, cuando ya estaba saliendo por la puerta, quizá parezca una acosadora e incluso ponga en peligro mi identidad falsa.

¡Ya lo sé! Iré al cuarto de baño.

Esto es lo que se denomina hacer limonada con los limones que te da la vida. Parece que tengo que hacer pis, así que voy a utilizar eso a mi favor. ¡Soy brillante!

Me voy directa al cuarto de baño antes de que él pueda verme. La camarera vuelve a mirarme. Vaya. Sí que le caigo mal.

El baño aquí es rojo, blanco y azul. Muy estadounidense. Aprovecho la oportunidad para retocarme un poco y volver a estar presentable tras mi atracón de comida.

Si me dejo el pelo suelto, me pellizco las mejillas y me aplico el cacao de labios de tono rubor natural, que es lo único que tengo, no estoy tan mal.

Y estoy hablando sola.

—Piensa, Paige, piensa. Vamos. ¿Qué digo? ¿Qué hago? ¿Cómo hago que no sea evidente?

Tengo un plan magnífico. Saldré otra vez ahí y diré algo ingenioso sobre lo *kitsch*, que es justo lo que hago en mi imaginación. Pero lo que ocurre en la realidad es... que paso junto a Raynes y resbalo con lo que supongo que será una patata frita que hay en el suelo de cuadros blancos y negros... y tropiezo.

Sobre Sean Raynes.

Yo sí que molo. Es muy difícil ser así de elegante, así que no os dejéis intimidar.

De nuevo la camarera me mira con recelo. ¿Es una sonrisita de superioridad lo que veo? Me da la impresión de que esta noche se irá a casa y le hablará a su novio de mí: «Había una chica muy rara hoy en el restaurante. Parecía el circo de los frikis».

Podría decirse que no has vivido en absoluto hasta que resbalas con una patata frita y caes encima de un enemigo del Estado. Yo lo hago a todas horas. En serio.

Lo mejor es que Raynes estaba bebiendo un refresco y ahora dicho refresco está por todas partes.

Se vuelve hacia mí, molesto.

—¡Jesús!

—Lo siento muchísimo. Dios, qué idiota soy. Es que... he tropezado y creo que... que había una patata frita o algo así y...

—¿Qué?

—En el suelo. Creo que había una patata frita. Y he resbalado. No puedo parar de hablar.

—Un momento. —Me mira con los ojos entornados—. ¡Tú! ¿No estabas el otro día en el café Treplev?

¡Ajá! Se acuerda de mí.

—Culpable.

Intento sonreír con modestia. No creo que lo consiga.

—Llevabas una camiseta de Elliott Smith, ¿verdad?

—Culpable otra vez. Vaya. Qué memoria tienes.

—Bueno, no se ven muchas chicas en Moscú con una camiseta de «SAY YES».

—Ya te digo...

Ahora el momento se vuelve algo incómodo. La camarera se acerca para limpiarlo todo y juro por Dios que me mira como diciendo «¿A ti qué coño te pasa?».

—Bueno, lo siento. Otra vez. Por enésima vez. Si hay algo que pueda hacer... Me ofrecería a pagarte la tintorería, pero llevas una camiseta, y eso sería raro. Quiero decir que..., ¿quién lleva una camiseta al tinte? Además, en Moscú no hay tintorerías orgánicas que se preocupen por el medio ambiente, supongo, así que tendría que enviarla a mi país, que la limpiasen allí y después traerla de vuelta a Moscú, y eso tardaría una eternidad y lo más probable es que se perdiera, pero es un tema ético y moral, así que...

Ahora, tanto la camarera como Sean Raynes se han quedado mirándome.

He oído que hay una nueva tecnología que implica capas de

invisibilidad, y he de decir que, si pudiera ponerme una de esas capas ahora mismo y desaparecer, lo haría sin dudar.

Damas y caballeros, Frendy's American Diner ha quedado en completo silencio. Creo que acaba de pasar una planta rodadora entre el mostrador y la gramola.

—¿Quieres beber algo? —pregunta Sean Raynes sin previo aviso. Como si acabara de ocurrírsele.

—Eh..., ¿estás hablando conmigo?

Miro hacia atrás.

La camarera pone los ojos en blanco.

—Sí, estoy hablando contigo.

—Ah, estaba imitando a Robert De Niro.

Él ladea la cabeza. Me mira como miraría a su hermana pequeña si ella estuviera dando vueltas por el suelo en su fiesta de cumpleaños. No es odio. Es solo una mirada de cariño.

Creo que no la he fastidiado del todo.

Al fin la camarera ya no puede aguantar más.

—Sabe que esta chica es rara, ¿verdad?

—Sí —responde él—. Sé que esta chica es rara. Venga, chica rara, vámonos.

23

¿Habéis dado alguna vez un paseo romántico con un expatriado internacionalmente conocido y su guardaespaldas? He de deciros que resulta un poco incómodo. Raynes y yo paseamos por el camino que hay junto al río Moscova y sentimos el aire otoñal en la cara. Todo muy íntimo. Salvo por el guardaespaldas con cara de pocos amigos.

Los tres juntos (posiblemente seamos más, pero los otros irán de incógnito) nos escabullimos por un callejón que hay detrás del teatro Bolshoi, y Raynes se acerca tranquilamente hasta una puerta marrón oscuro que no destaca por nada en especial.

Llama a la puerta. Oleg se queda ahí parado con cara de impaciencia.

La puerta se abre mínimamente y por la rendija vemos unos ojos que nos miran.

—пароль? —preguntan los ojos misteriosos. «¿Contraseña?».

—беспредел —responde Raynes. *Bespredel.*

(Traducción: «anarquía»).

La puerta se abre y Raynes y yo, acompañados por nuestro querido Oleg, recorremos un largo pasillo, giramos dos veces a la derecha, después a la izquierda y llegamos hasta un recibidor con una puerta negra. Frente a la puerta se encuentra un hombre gigante con jersey de cuello vuelto gris y pantalones negros. Saluda a Raynes con un movimiento de cabeza casi imperceptible y abre la puerta.

Entrar en este lugar es un poco como entrar en una película *noir* de los años cuarenta ambientada en un fumadero de opio en Bangkok. En cuanto atraviesas las cortinas, bajo la luz tenue de los farolillos rojos, todo adquiere una tonalidad rojiza.

Las tonalidades escarlata y los biombos circulares conducen desde la zona central de la barra hasta una zona vacía y bastante discreta que hay en la parte trasera. Supongo que es aquí donde Raynes se esconde de sus seguidores y de sus detractores.

Nos sentamos junto a un biombo circular que crea un hueco muy acogedor en el que nadie puede vernos. Oleg se sienta a la barra. Gracias a Dios.

No quería tener que entablar una conversación con Oleg. («Bueno..., ¿has visto hoy a alguien sospechoso?»).

Se nos acerca una camarera delgada como un palillo con los labios rojos y un vestido de seda carmesí de Hong Kong. Lleva el pelo recogido en un moño con dos palitos que sobresalen.

Estoy demasiado nerviosa como para darme cuenta de que lleva ahí un rato.

—¿Saben lo que quieren? La especialidad aquí son los *mai tais*.

—Ah, bueno, vale. Tomaré un *mai tai*.

Él pide *whisky*. Claro.

—Eh..., bueno, ¿y has venido a Moscú solo para tirarles bebidas encima a los desconocidos?

—Sí. Estoy deseando tirarte el *mai tai* encima.

Él sonríe con suficiencia. Tiene una expresión muy cálida, y ahora yo siento ese calor en mis mejillas. Está ocurriendo algo extraño. No quiero decir que sienta mariposas en mi interior. No, no es eso. Es que ambos estamos intentando hablar sin mirarnos a los ojos.

Como si ambos estuviéramos pensando lo que yo estoy pensando, que es: «Dios mío, ¿eres de verdad? ¿Eres una persona de carne y hueso?».

Y entonces... nos miramos y siento como una descarga eléctrica. Y volvemos a apartar la mirada.

Ninguno de los dos sabe bien qué hacer. Al menos yo no lo sé.

Recuerdo que hay una expresión en francés: *coup de foudre*. Un relámpago, un flechazo. Una especie de amor a primera vista. Recuerdo que pensaba que era ridículo. ¿Cómo vas a conocer a alguien y sentir al instante que no puedes mirarle porque lo que hay entre vosotros es demasiado poderoso? Eso es un cuento de hadas; como los unicornios o los duendes con calderos de oro al final del arcoíris.

Sin embargo, tengo la impresión de que eso es justo lo que está ocurriendo ahora mismo.

—¿Eres estudiante?

—Eh..., sí.

Silencio incómodo.

No sabe si sé quién es o no. Si soy consciente de que es Sean Raynes. Se nota que quiere preguntármelo, pero no sabe cómo hacerlo sin parecer un imbécil engreído.

—Mira, voy a ser sincera contigo. Creo que sería hipócrita por mi parte fingir que no sé... quien eres.

Me ahorro el detalle de que soy espía internacional. También me ahorro lo de mis sentimientos. Excluyo el hecho de que parece que el corazón me va a explotar.

Él suspira. Creo que es un suspiro de alivio.

—Bueno, al menos ahora no tengo que explicar lo de mis guardaespaldas. O mi guardaespaldas. ¿Quién sabe? Nunca sé cuántos son. Lo cual es raro.

Ambos miramos a Oleg. Solo lo vemos de espaldas, pero hasta sus hombros son amenazantes, echados hacia delante, en posición de ataque.

—¿También te acompaña a la ducha?

—Sí, la verdad es que resulta útil. Sobre todo cuando me frota la espalda. Nunca es fácil exfoliarse esa zona.

Ambos nos reímos un poco, pero es una risa incómoda.

Llegan nuestras bebidas y ambos nos quedamos allí parados un momento, bebiendo en silencio.

Decido romper el hielo.

—¿Te importa que te pregunte una cosa?

—Dispara.

—¿Qué se siente estando aquí? Siendo tú, aquí.

Me mira y sopesa su respuesta.

—Eh... ¿Quieres la respuesta guay o la respuesta sincera?

—Quizá ambas.

—Vale, la respuesta guay es... Es asombroso, fantástico. ¡Fui yo! ¡Yo se lo enseñé a todos!

—¿Y la respuesta sincera?

—¿Sabes guardar un secreto?

—Sí. —Creo que estoy guardando uno muy gordo ahora mismo.

—No eres periodista ni nada de eso, ¿verdad?

—No. Desde luego que no.

—Me siento solo. Y echo de menos mi casa.

Él da un trago a su *whisky* y yo doy un sorbo a mi *mai tai*.

Oleg se vuelve para mirarnos. Ni siquiera se esfuerza por disimular.

—¿Por eso estabas comiendo patatas fritas en el Frendy's American Diner?

—Por eso mismo estaba comiendo patatas fritas en el Frendy's American Diner. ¿Y tú?

—¿Quieres la respuesta guay o la respuesta sincera?

—Las dos.

—La respuesta guay es que..., bueno, no hay respuesta guay. La respuesta sincera es que yo también tengo morriña. Y eso hace que me sienta como una estadounidense idiota. Pensaba que era más sofisticada de lo que realmente soy.

Se produce un momento de silencio y entonces sucede esto:

—Es agradable charlar con alguien de casa.

Ambos hemos dicho eso. Al mismo tiempo. De la misma forma.

—Eso sí que ha sido raro.

—Sí que lo ha sido. Es evidente que eres un robot.

—No, humana. No soy —digo con mi mejor voz de robot. Dios, qué friki soy.

Él sonríe.

—Vale, tengo otra pregunta. Si todo el mundo se te acerca en cualquier parte y quiere ser amable contigo porque eres famoso, quizá no te sientas tan solo, ¿no?

—Sí, pero ¿a ti eso te parece divertido?: «Eh, ¿quieres salir a tomar algo conmigo mientras te miro todo el tiempo?».

—Sí, tienes razón. Pero que sepas que así se siente más o menos una chica al pasar por delante de una obra. Por si acaso sentías curiosidad.

—Ah, entiendo. Nunca antes lo había pensado.

Hay una parte de él que está muy presente en el momento. No está mirando el teléfono o pensando en otra cosa. Está absorbiéndolo todo. Haciendo funcionar su cerebro.

Oleg se gira desde la barra y le hace un gesto con la cabeza. Estos rusos está claro que no sonríen mucho.

—Creo que tengo que irme. Están paranoicos conmigo. Como si fuera su caballo ganador. No quieren perderme.

—Seguro que te gustaría que Estados Unidos hubiera revocado tu pasaporte en otra parte. Como Zermatt o Edimburgo.

—Lo sé. —Entonces frunce el ceño—. Un momento. ¿Cómo sabías que me habían revocado el pasaporte? Casi todo el mundo cree que hui porque soy un espía traidor y ateo.

Ups. Lo sé porque me lo dijo mi entrenador de la agencia secreta gubernamental.

¡Desvía la atención, idiota! ¡Desvía la atención!

—Yo no soy casi todo el mundo. Y además yo creo que eres un héroe.

Dios, espero no haberla fastidiado al decir eso. ¿Por qué he tenido que decirlo?

—Eh... ¿Te apetecería cenar alguna vez?

—¿A mí?

—Eres la única que hay aquí. Además de Oleg. Y ceno con él todas las noches. Así que he perdido ya esa sensación de amor.

—¿Acabas de decir una frase de Hall & Oates?

—De manera irónica.

—No hay ninguna otra manera de citar a Hall & Oates.

—Puedo citar muchas otras cosas de forma irónica durante la cena.

Me río nerviosa.

Eso sí que no mola.

—Hay un restaurante que me gusta mucho. El café Ramallah. ¿Te gusta el *mezze*, los aperitivos de Oriente Medio?

—Me encanta. Mi padre es superfan.

No sé por qué he dicho eso.

—Bueno, entonces creo que te gustará ese sitio. Es todo arenisca y jardines. Es como estar en Oriente Medio. Sin las explosiones.

—Y la tensión y desesperanza infinitas.

—Exacto. Quizá podamos vernos allí... ¿mañana? ¿O es demasiado pronto? ¿Suena desesperado? No se me da muy bien esto.

—¡Sí! ¡No! Te veré allí. —Dios, parece que se me ha olvidado hablar.

—Vale. Bien. ¿Te parece bien a las ocho?

—Café Ramallah. A las ocho.

Oleg pone los ojos en blanco, saca a Raynes de allí y le libra de esta interacción extremadamente incómoda. Gracias a Dios.

Raynes se marcha con su Kevin Costner y yo me quedo allí sola. Sola con mi *mai tai*.

Ahora mismo todo es colorido. El bar es rojo rubí. La sombrillita de mi copa es naranja. Y las mariposas de mi estómago son..., no lo sé. Color mariposa. Azules. Quizá naranjas y negras. Quizá sean mariposas monarca. Sea cual sea su color, están revoloteando. Me hacen sentir que yo también puedo volar.

Quiero decir su nombre. Quiero gritarlo a los cuatro vientos: ¡Sean Raynes! ¡Voy a tener una cita con Sean Raynes! Y luego quiero pronunciar su nombre en un susurro, que sea un secreto. Solo para mí.

¿Qué me está pasando? Nada de esto me resulta familiar.

Yo no me cuelo por los tíos. Solo me los tiro.

Así que todo esto es nuevo para mí.

Y además he de decir que no sé qué me emociona más: cenar mañana con el enemigo público número de uno de Estados Unidos en un restaurante de inspiración cisjordana, o decirle a Madden que voy a cenar mañana con el enemigo público número uno de Estados Unidos en un restaurante de inspiración cisjordana.

Mi madre estaría orgullosa.

24

Mientras subo las escaleras hacia mi habitación de la residencia, veo a Uri. Escucha música con los cascos y está practicando unos movimientos de *hip-hop* que no están nada mal. Le saludo con la mano para sacarle de su trance.

—¡Paige estadounidense! ¡La chica a quien quiero ver!

—Sí, Uri, ¿a qué debo el placer de esta inesperada sesión de *break dance* en la residencia? Por cierto, deberías hacerlo fuera, porque inhalarías menos plomo.

—¿Plomo? ¿Es malo?

—Sí, muy malo. Y es probable que esté presente en todos los edificios del campus. Así que mantente fuera. Hablando del tema, ¿por qué no salimos a hablar al jardín?

Uri frunce el ceño.

—¿Todos los estadounidenses son paranoicos?

—El hecho de que seas paranoico no significa que no vayan a por ti.

—¡Ah! ¡Me gusta! Paranoico no significa que van a por ti.

—No es eso lo que...

—¡Genial!

Así que Uri y yo salimos disparados por los escalones y llegamos al jardín principal. Algunos estudiantes lo miran de pasada, porque imagino que habrá adquirido la fama de hijo de John Gotti dentro del campus.

—Bueno, Uri, escúpelo. ¿Qué necesitas? ¿Has venido a declarar tu amor por Katerina?

—No. He venido a ayudar.

—A ayudar ¿a quién?

—A ayudarte a ti. Mi amiga estadounidense.

—¿Y qué crees que sería necesario en ese terreno?

Uri se inclina hacia mí y susurra.

—Paige, ¿recuerdas que dijiste que tus padres se fueron, se los llevaron a lugar horrible y desaparecieron?

Dios, ni siquiera sé si quiero oír el resto de la frase.

—Paige, puedo ayudar —y empieza a susurrar en voz todavía más baja—. Mi padre, él consigues cosas de lugares extraños. Lugares de los que no se suele conseguir.

Eso me deja de piedra.

—Es posible que tenga información de hombre que tiene información de hombre que consigue información de otra persona. Alguien que ha visto padres. Alguien que quizá podría sacar a padres. Por un precio.

En mi cabeza se acumulan un sinfín de pensamientos al mismo tiempo.

—Estados Unidos, Paige, no pagan precio. Odian negociar. Pero mi padre es acostumbrado a negociar. Es experto.

Vale, así que lo que pasa aquí es que Uri me está ofreciendo la oportunidad de encontrar a mis padres y pagar un rescate para devolverlos a casa. Buen plan. Pero ¿de dónde iba yo a sacar el rescate?

—Uri, yo no tengo tanto dinero.

—Yo sí. Mi padre. —Hincha el pecho y sonríe—. Yo pago.

—Uri, no puedo hacer eso. Por mucho que me gustaría. Y, créeme, ojalá pudiera. Pero no podría aceptar tanto dinero. No saldría nada bueno de eso. Lo sé.

—¿Estás segura? Quizá no sería tanto.

—Uri, ¿has oído alguna vez la expresión «Si te acuestas con perros, te levantarás con pulgas»?

—¿Soy una pulga?

—¡No! No, no eres una pulga, Uri. Eres fantástico. Eres maravilloso y me gustas mucho...

—¿Para sexo?

—No, para sexo no. Pero sí para amistad. Cercanía. Cariño.

¿De qué estoy hablando? ¿Cariño? Nunca en mi vida he usado esa palabra. Pero sí que me gusta Uri. Siento cierta cercanía con él, creo que se dice... amabilidad hacia él. Como un sentimiento humano. Y el hecho de que piense en mis padres, de que tenga eso en la cabeza, tiene que significar algo. No le quitó importancia ni se olvidó de ello aquella noche en la iglesia. Ha pensado en ello. Quería arreglarlo.

—Pero el caso es que... estoy bastante segura de que mis padres no querrían que me implicara... de esta manera... con ciertos... elementos.

—Como pulgas.

—Uri, significa mucho para mí que quieras intentarlo. De verdad. Pero no puedo.

—Vale, de acuerdo, que así sea.

—Uri, tu inglés es cada vez mejor.

—Quizá sea bueno, pero no entiendo vuestra cultura. ¿Por qué todo el mundo sonríe tanto? ¿Por los petrodólares?

—Podría ser, Uri..., podría ser que estamos todos en una especie de Disneylandia mientras el mundo se quema a nuestro alrededor.

—Eso ha sido muy oscuro para una estadounidense. Quizá te estés volviendo rusa.

Tras él, el cielo proyecta sobre el campus distintas tonalidades de gris, que se extienden hacia el horizonte.

No sé si quiero preguntarle esto, pero me sale sin pensar.

—Uri.

—¿Sí, oscura estadounidense?

—¿Crees que sería posible, quizá, hacer algunas preguntas por ahí? Preguntar a alguien que tal vez haya oído algo de un tipo que quizá haya oído hablar algo a otro tipo... algo así. Para saber si están vivos.

—¿Preguntar sin más?

—Sí. Solo preguntar. Nada más. Como si tuvieras curiosidad.

—¿Como decir «Siento curiosidad por una pareja estadounidense con la que no tengo nada que ver»?

—Sí.

—Vale, Paige. Lo haré por ti.

—Uri..., ¿por qué haces esto por mí?

Me mira un segundo, ladea la cabeza y se ríe.

—¡Ah! ¡Tienes pensamientos paranoides! ¿Lo ves? ¡Te estás haciendo rusa!

No puedo evitar sonreír.

—Relájate, estirada. Se llama amistad. Búscalo en diccionario.

—Ah. Amistad.

—Sí. Es evidente que soy tu primer amigo. No pasa nada. Te enseñaré cómo funciona.

Y, sin más, Uri se me acerca, me da un beso en la mejilla y se aleja dramáticamente por el patio interior.

—¡Eh, Uri!

Se da la vuelta.

—Gracias.

Hace como que se toca el sombrero y sigue caminando como un pavo real. Una supermodelo por descubrir pasa a su lado y él se lleva la mano al corazón y la mira como si le hubieran disparado.

Lo que más me gusta de mi labor como espía es esto. La ciencia de la esteganografía. Enviarle correspondencia a Madden incrustando mensajes dentro de sitios web en apariencia benignos. Hasta ahora es lo más parecido a James Bond de esta misión. Me pongo a escribir.

Le pongo al corriente de mi encuentro romántico con Raynes y de nuestra próxima cita en el café Ramallah. Pese a todo, parece impresionado.

En un sitio web de aficionados a las aves, subo una fotografía de un ampelis americano en la rama de un árbol, con mi mensaje encriptado en las garras del pájaro. En realidad, es un proceso bastante sencillo que consiste en alterar los dos últimos bits de cada *byte* de la imagen, lo cual cambia la foto de manera imperceptible, pero te permite liberar espacio suficiente para esconder un mensaje en los píxeles.

Venga, ahora intentadlo.

Katerina está en clase y no tengo intención de contarle lo de Raynes. Porque, seamos sinceros, aquí ocurre algo.

No es que crea realmente que es una agente del FSB, porque eso resulta paranoide y absurdo, pero...

He estado sopesándolo y me parece demasiado retorcido para ser aleatorio.

El hecho de que tuviera una pistola, el hecho de que no pareciera importarle mucho que yo la tirase a la alcantarilla, el hecho de que sea cinturón negro... no tiene ningún sentido. Si fuera suya la pistola, ¿no le habría fastidiado perderla?

La única forma de no alterarse en esa situación es que la pistola no sea tuya en realidad. Si, quizá, trabajas para una agencia de inteligencia.

No creo que sea tan descabellado pensar que podría ser una agente del FSB.

Le he pedido a Madden que lo investigue. Pero, mientras tanto, la pregunta es..., si realmente se trata de una espía del FSB, ¿será mi compañera de habitación porque eso es lo normal cuando se trata de estudiantes de intercambio estadounidenses? ¿O estará aquí específicamente por mí?

Porque, si la han enviado para vigilarme específicamente a mí, eso significa que me han descubierto.

Y, si me han descubierto, eso significa que tengo que marcharme.

Lo que significa que nada de entremeses en el café Ramallah.

Ni flirteos con Raynes.

Lo cual sería una tragedia.

Pero también significaría que he perdido la oportunidad de devolver a casa a mis padres.

Y esa pérdida es inaceptable.

26

Que sepáis que no es acoso si estás en una misión.

Sí, a algunas personas les resultaría raro buscar en Google a alguien durante más de dos horas y colarse por cualquier posible agujerito conocido por el hombre solo para echar un pequeño vistazo o poder hacerse una idea de la personalidad de dicha persona a través de dicho agujerito.

Una pista. Un detalle. Un breve momento de revelación.

Todos estos clics para llegar más allá de la mente, el alma, el corazón, las venas y el cuerpo del expatriado más notable de la historia reciente.

Aquí, en mitad de la noche, mientras Katerina se emborracha con vodka en algún lugar, yo soy libre, estoy sola y puedo mandarlo todo al garete y averiguarlo todo, cualquier dato sobre mi obsesión. Quiero decir mi misión.

Y, como con cualquier misión, la investigación da sus frutos.

Llevo una hora en Google Imágenes, mirándolo a los ojos a través de la pantalla y preguntándome si son los ojos de un monstruo o los de una persona capaz de enamorarse.

¡Hemos vuelto! ¡Otra vez las misteriosas imágenes en vídeo! Acompañadme en este viaje mágico. Recordad que, en ese momento, yo no soy consciente de que esto está sucediendo. No lo veo hasta más tarde. Gracias a Dios.

Estamos de nuevo en el comedor barroco con oro por todas partes y el techo azul. Es la hora de la comida.

Dimitri, la reina Elsa y Minion están sentados en sillas blancas de estilo Luis XIV.

—¿Quiénes son estas estúpidas?

Es la Reina de Hielo la que habla. Está señalando una fotografía sacada de una cámara de seguridad.

Y adivinad quiénes son las estúpidas. Sí. Habéis acertado. Somos Katerina y yo. Y entre nosotras está Uri. El antifenómeno del rap internacional. Creo que es una imagen de la noche del tiroteo en el bar del búnker.

El calvo Dimitri no parece muy preocupado.

—¿Quiénes? ¿Ellas? A saber. Ya conoces a mi hijo. Es como una puerta giratoria.

La reina Elsa deja escapar el humo con desdén. Da un trago de vodka. Después otro.

Junto a ellos está Minion, que va ofreciendo foto tras foto para que Dimitri las examine.

—Los postores que quería que buscara —explica.

Dimitri pasa una foto tras otra.

—¿Y este? ¿Quién es?

Ambos se quedan mirando la fotografía de un hombre de aspecto muy conservador. Es un pantallazo de la página web de su «fundación». En lo alto de la imagen hay un titular que dice: *Restaurando los valores estadounidenses*.

—Es un racista blanco. Se hace llamar patriota. Billonario. Podría hacer una buena oferta. Quizá la más alta.

Dimitri pasa a otra foto.

—¿Y este? —Ahora están mirando la imagen de un hombre asiático con camisa verde caqui.

—Posee un establecimiento norcoreano de poca monta. Quiere tener más éxito. Hizo una oferta. Oferta baja.

—¿Cómo de baja? —Dimitri ladea la cabeza y se queda mirando con ojos entornados la foto del asiático.

—Un millón.

Dimitri resopla y rompe la fotografía por la mitad.

—Hay algunos más. Uno en Venezuela. Pero ¿quién sabe? Inestable. Además hay un narcotraficante en Jalisco. Probablemente no dure mucho.

—¿Cuánto ha ofrecido?

—Dos millones.

Dimitri resopla otra vez.

—Son demasiado bajas. Sigue buscando.

La reina Elsa resopla.

—¿Cuál es el problema, *mishka*?

Ella se encoge de hombros.

—¿Y qué pasa con Raynes? ¿Oleg sigue protegiendo su nido como si fuera un pajarito recién nacido?

—Todos están vigilándolo. Pero miren esto. Tiene novia.

Minion les muestra una fotografía de Sean Raynes con nada menos que... ¡sí! ¡La mismísima Paige Nolan! ¡Superespía internacionalmente conocida! ¡La novia de alguien!

Debieron de sacarla mientras paseábamos por el río Moscova

hacia el bar de Hong Kong. Oleg camina por detrás con cara de desconfianza y pocos amigos.

—Oh.

—¿Es rusa?

—No estoy seguro. Raynes no habla ruso, así que...

—Quizá hable el idioma internacional. —Señala con desdén la reina Elsa.

Dimitri la mira, molesto.

Pero entonces hay algo que llama su atención. Algo que tiene la reina Elsa en la mesa frente a ella. La foto en blanco y negro del bar del búnker.

—Un momento.

Levanta la fotografía y la compara con la del río Moscova.

—No me lo creo.

Minion y la reina Elsa esperan.

—Mirad a esta chica.

Minion y la reina Elsa se fijan en la fotografía en blanco y negro. La del bar del búnker en la que aparece Uri.

—Y ahora mirad a esta chica de aquí.

Minion y la reina Elsa se fijan en la fotografía del río Moscova. En la que salimos Sean Raynes y yo paseando junto al agua.

—¿Lo veis?

Silencio.

—¡Es la misma chica!

Y entonces ambos se dan cuenta. En efecto, es la misma chica. Y esa misma chica resulto ser yo. Damas y caballeros, Paige Nolan, a su servicio.

Dimitri mira a Minion.

—Tú. Consígueme a esa chica.

28

Está saliendo el sol, lo que significa que es la hora de hacer ejercicio y ponerme al día con Madden. Ahora mismo me está gritando mientras corro por la Plaza Roja y la catedral de San Basilio.

—Vas demasiado despacio, Paige. Esto no es *Romeo y Julieta*.

—Joder, tengo que hacer que confíe en mí, y eso lleva tiempo.

Dos *babushkas* me miran con desaprobación frente a la catedral.

—¿Sabes? No eres la única interesada en Sean Raynes, Paige.

—Lo sé. A ti también te interesa. A RAITH. Lo pillo.

—No. Me refiero a que no somos los únicos.

—Lo sé. El FSB. Putin. La vergüenza pública. El golpe de Estados Unidos. Entendido.

—Hay más.

—¿En serio? ¿Quién?

—La mafia.

—¿Hablas en serio?

—Muy en serio. Nuestras fuentes dicen que la mafia rusa está planeando secuestrar a Raynes y venderlo al mejor postor. Podría ser Boko Haram, podría ser el Estado Islámico, podría ser el jodido Piers Morgan. No lo sabemos. El caso es que, si crees que ese tío es un héroe, necesitamos que averigües qué es lo que tiene y dónde lo tiene. Y ha de ser cuanto antes.

—Así que el tiempo vuela. El tiempo es oro.

—Paige, esto no es una broma. ¿Quieres que Raynes muera? Eso después de que Dios sabe quién le torture para sacarle todos sus secretos de Estado. Quizá sea Irán. Quizá sea Corea del Norte. Quizá sea el jodido ISIS. ¿Es eso lo que quieres?

Me detengo, jadeando, en el puente que hay sobre el río Moscova, asombrada por la catedral de Cristo el Salvador. Está ahí de pie, con sus agujas blancas y doradas iluminadas por el amanecer, imponente frente al puente como el Taj Mahal. Nunca imaginé que este lugar pudiera ser tan bonito.

—Quizá los secretos de Estado no deberían serlo.

—No. Créeme, Paige. No quieres eso.

—¿Quién espía a los espías, Madden? ¿Cómo puedes saber...?

—Santo cielo, tengo información de primera mano y lo sé. ¿De acuerdo? ¿Por qué no te limitas a hacer tu trabajo?

Cuelga el teléfono.

Frente a mí, las esferas doradas situadas en lo alto de la catedral parecen llegar al cielo.

¿Por qué no me limito a hacer mi trabajo?

La iglesia se queda mirándome, esperando una respuesta.

29

¿Conocéis esa sensación? La sensación de que él y tú sois las únicas dos personas en el mundo. Como si todo lo anterior hubiera sucedido para llegar hasta este instante en el que solo estáis los dos. Contra el mundo.

¿No? Pues dejad que os lo explique.

Estamos en mitad de un jardín de arenisca y árboles en una azotea de Moscú. No tengo ni idea de cómo han logrado que, en esta ciudad tan fría, dé la impresión de que estamos a pocos metros de la Puerta de Damasco en la ciudad vieja de Jerusalén. Es un proyecto muy ambicioso. Os diré una cosa: quien fuera el que construyó esto sentía morriña. Eso o, teniendo en cuenta todos los locales con aire exótico que he visitado durante este viaje, Rusia ha secuestrado a un grupo de ingenieros de Disney para usarlos a su voluntad.

Debe de haber una especie de cercado alrededor de esta azotea, porque en el interior, en la fila de mesas y sillas de madera con incrustaciones de perlas, con una especie de jardín colgante sobre nosotros, hace calor y se está bien, mientras que fuera las temperaturas siguen bajando hasta el punto de que puedes verte el aliento al respirar.

Frente a mí, enmarcado por las hojas de parra que cuelgan de la pérgola, se halla el mismísimo Sean Raynes.

Hay farolillos metálicos con mosaicos de colores brillantes colgados por todas partes, lo que intensifica la sensación de estar comiendo en el Jardín del Edén.

Raynes me mira con ojos intensos y profundos. No sé si soy yo o si podría mirar así a cualquiera, pero casi no puedo sostenerle la mirada. Es demasiado, como si su mirada fuese a lanzarme por los aires.

Oleg está sentado a pocas mesas de distancia, en todo su esplendor arisco, mientras yo intento adivinar cuál es la novela favorita de Sean.

—*El guardián entre el centeno.*

Se ríe.

—No. Demasiado evidente.

—Venga, dame una pista.

El camarero se acerca con la comida: *humus*, aceitunas, pasta de sésamo, *tabulé* y demás manjares deliciosos de los albores de la civilización.

—Vale. Una pista. Mmm..., está ambientada en la Segunda Guerra Mundial.

—Es... ¿*El pájaro pintado*?

—¿Qué? ¿Cómo lo has sabido? ¿En serio? ¿Cómo narices lo has adivinado?

Yo sonrío.

—Elemental, mi querido Raynes. Es un libro que trata sobre alguien que es un forastero. Creo que quizá te ves a ti mismo como un forastero. Además es un gran libro.

—Sí, pero también están *Fiesta*, *Trampa 22*, *Maus*... Podrías haber escogido cualquiera de esos. ¿Por qué...?

—Tú no eres el único que se siente como un pájaro pintado.

Nos quedamos callados unos segundos.

Yo estaba intentando tener un momento de sinceridad, pero se me ha escapado. Ahora me siento vulnerable. Y asustada. Como si se me hubiera parado el corazón.

—Bueno. También tengo un segundo libro favorito, pero es de no ficción. Sobre la rebelión de los navajos en Fortress Rock. Es una historia asombrosa. Poca gente la conoce. La historia ha quedado enterrada.

—Ohhh. Cuéntamela.

—Básicamente, cuando estaban expulsando a los navajos de sus tierras, un grupo se reunió y trazó un plan de rebelión. Así que se subieron a lo alto de una roca, llamada Fortress Rock, que tiene unos doscientos quince metros de altura, utilizando solo escaleras de madera. Y después retiraron las escaleras, de modo que el ejército no pudiera llegar hasta allí. Tuvieron que quedarse abajo esperándolos. Y no fueron solo hombres. También había mujeres y niños. Mujeres embarazadas que se subieron a esa roca tan inclinada, casi como un rascacielos, con sus escaleras de madera.

—¿En serio? ¿Y funcionó?

—Sí, funcionó. Al principio el ejército se mostraba muy arrogante. Pensaban que los navajos tendrían que bajar en algún momento. A por comida, a por agua. Pero ¿sabes qué?

—Me muero de la intriga.

—Transcurrido un mes, estaban quedándose sin agua. Así que esperaron a que el ejército se durmiera y formaron una cadena humana a lo largo de la roca. Enviaron a un hombre a por el agua. Cuando regresó, subieron el agua hasta lo alto de la roca mediante la cadena de manos.

—Vaya. Es genial.

—¿Y sabes qué ocurrió entonces? El ejército se quedó sin comida y tuvieron que marcharse. Se rindieron.

—¿En serio?

—Sí. Y todavía hay navajos descendientes de aquella familia. Es como una insignia de orgullo. «Los que nunca se rindieron».

—Me encanta esa historia. Me encanta todo en esa historia.

Él sonríe, pero entonces ve algo que hay detrás de mí.

—Dios mío.

—¿Qué? —Yo agacho la cabeza como si hubiera un asesino detrás de mí. Cosa que, seamos sinceros, podría pasar.

—Mira, ven a sentarte aquí un momento. Pero no mires hasta que yo diga.

—De acuerdo. Mantendré los ojos cerrados.

Me siento junto a Raynes y me tapo los ojos.

—¿Preparada? Ábrelos.

Abro los ojos y me encuentro la luna llena más grande y naranja que he visto en mi vida, que se alza por encima del horizonte, sobre las luces de la ciudad. Parece como si pudiera estirar el brazo y subirme a ella para cabalgar sobre su lomo hacia el cosmos.

—Espera. Espera. Tengo algo que es perfecto.

Raynes rebusca en su abrigo y, acto seguido, tenemos los dos unos auriculares puestos y escuchamos a Elliott Smith, que suena en su iPhone.

I'll tell you why I
don't want to know where you are...
I got a joke
I've been dying to tell you...

Nos recostamos y escuchamos la voz más triste, melódica y nostálgica del mundo mientras contemplamos una luna como una mandarina gigante. Compartimos el momento. Solos los dos. No hay nadie más en el mundo. Nadie.

Salvo el camarero.

Que se acerca con el típico ajetreo de camarero, pero se detiene en seco al vernos y decide dejarnos en paz.

Y debería dejarnos en paz.

Todos deberían dejarnos en paz.

Porque estamos solos él y yo.

Y eso...

Lo es todo.

30

La buena noticia es que, durante mi carrerita matutina, me encuentro con Uri.

Son las siete de la mañana. Yo soy el máximo exponente de un estilo de vida saludable, con una conexión espiritual entre cuerpo y mente, y ahí viene él..., conduciendo un Humvee amarillo chillón y escuchando rap a todo volumen. Así, discreto.

Me llama desde la ventanilla del conductor.

—¡Ajá! ¡Te pillé! ¡Chica saltarina estadounidense!

—Creo que te refieres a corredora...

—Dime, ¿de qué huyes, roca de la salud?

—Un momento, ¿no querrás decir «loca»? ¿Loca de la salud?

—Vamos, tengo emergencia.

—Me encantaría, pero creo que soy alérgica a los Humvees de colores estridentes, así que...

—¡Qué graciosa! ¡Chica graciosa saltarina! Sube al coche.

—Vale, pero solo me subo para que dejes de decir eso. Y que conste que este no es un vehículo de bajo consumo energético.

Uri me imita:

—Que conste que matas palomas con tu felicidad...

—Vale, de acuerdo. Me subo. Y no ha sido una imitación muy afortunada, por cierto.

Me monto en el asiento del copiloto, que está demasiado alto.

—Obviamente este coche no está hecho para gente pequeña.

—No. ¡Está hecho para rusos grandes y fuertes con testículos enorme! —Flexiona los músculos y gesticula por encima de la música.

—No sé si es eso lo que quieres decir...

—Tenemos emergencia.

—¿Cuál es la emergencia?

Me mira y se pone muy serio.

—Gucci.

¿En serio? Yo me llevo la mano a la cara.

Damas y caballeros del jurado, no tenía intención de entrar en esta tienda. Esta clase de sitio, para ser sincera, me da escalofríos. Ya sabéis, un sitio con tres lámparas doradas de araña gigantes colgando sobre trajes que cuestan una millonada.

Cinco letras gigantes doradas en el exterior deletrean la palabra satánica: GUCCI.

—Uri, no sé si puedo existir en esta tienda. Creo que me va a dar urticaria.

Pero Uri está demasiado ocupado mirando cómo le quedan unos vaqueros con una serpiente bordada en blanco y negro que le sube por una pernera, que probablemente cuesten un año de matrícula universitaria.

—Relájate, ratoncita. Podrás escapar en un momento. Solo necesito opinión.

—De acuerdo, mi opinión es que esta ostentación resulta terrorífica. ¡Podrías dar de comer a un pueblo con esos vaqueros!

—Qué graciosa eres. No paras de quejarte.

Quizá no pare de quejarme, pero no puedo evitar sentir que la aceptación del materialismo, tras echar a los soviéticos, ha desencadenado un capitalismo febril que dejaría en evidencia al propio Midas. Es como un bebé que se come su primer caramelo. ¡Dinero! ¡Gasto! ¡Felicidad! Me dan ganas de decirles a todos que se relajen un poco. No es tan genial. En serio, no es en absoluto como debería ser. Echad el freno, nuevos consumidores. Tomáoslo con calma.

Pero los rusos no se toman las cosas con calma. Y tampoco hacen las cosas a medias. Como demuestra la estatua de Pedro I de Rusia junto al río Moscova, la estatua más alta del mundo, que pesa mil toneladas y empequeñece todo lo que hay alrededor, parece haberse extendido la idea de que cuanto más grande mejor, más es más. Supongo que eso es lo que sucede cuando tu país no lo fundan unos puritanos. Hay cierta ausencia de culpa en todo esto. Aunque quizá eso no sea nada nuevo. Preguntadles a los zares.

Una dependienta impecablemente vestida se acerca con dos trajes para Uri. Uno gris y otro azul marino.

—¿Qué te parecen?

—Creo que son perfectos si tienes pensado acariciar a un gato en tu guarida de la montaña.

Niega con la cabeza y la dependienta se aleja, molesta conmigo.

Pero, antes de que pueda decir nada más, Uri se sienta junto a mí en el banco de mármol, que probablemente esté instalado allí para maridos y novios aburridos.

Y cambia el tono por completo. Susurra.

—Este es un lugar seguro para hablar. Quería traerte aquí para decirte... que hay buenas noticias.

Un momento. ¿Está hablando de mis padres? ¿Aquí? ¿En mitad de este templo al consumo? No tiene ningún sentido.

—Aquí no hay micrófonos —susurra mirando a su alrededor.

Ah, entendido.

Pero la idea de saber algo de mis padres... De pronto la actividad en la sala parece detenerse. Me preparo.

—Son buenas noticias —me dice—. Nadie ha oído nada.

—¿Qué? —exclamo yo—. ¿Y eso son buenas noticias? Pero ¿de qué...?

—Créeme, Paige. Para la gente a la que pregunto, que no haya noticias es una buena noticia. Significa que están guardándole el secreto a alguien, que a su vez le guarda el secreto a otro. Si están guardando secreto, significa que están vivos.

Estoy intentando encontrarle la lógica a sus palabras y, por alguna razón, aquí sentada en el centro de este emblema capitalista, me parece que tiene sentido.

—Si están muertos, no hay ningún secreto que guardar, ¿no?

Me mira a los ojos.

—Pero ¿de quién estás...?

Me detiene en ese punto.

—No quieras saberlo. No puedes saberlo. Son malas personas. Que conocen a malas personas. Que conocen a otras malas personas. Es el mercado negro. No es lugar para una ratoncita como tú.

Si lo pienso, me resulta demasiado abrumadora la idea de que Uri esté preguntando a alguien que a su vez pregunta a alguien más, que cruza fronteras y llega hasta los rincones más oscuros de la tierra, donde se guardan o no secretos, donde las vidas penden de un hilo, donde la vida de mis padres pende de un hilo, mis padres tiernos y cariñosos, encerrados en algún lugar, rodeados de víboras.

Justo aquí, en medio de la tienda, rodeada de toda esta decadencia y estas promesas de felicidad bañadas en oro..., me derrumbo.

Y no puedo respirar. No puedo respirar en este lugar. No hay palabras o gestos que ayuden a mis pulmones a tomar el aire, o quizá es demasiado aire, o quizá no es suficiente, o quizá simplemente me está dando un ataque. Tengo la cara cubierta de lágrimas y Uri está pegado a mí. Protegiéndome.

—No, no, no. No pasa nada. Es una buena noticia, Paige. Tranquila. Yo estoy aquí. ¿Ves? Todo bien.

Y ahora hay tres dependientas a nuestro alrededor, preocupadas, y Uri me protege de ellas también.

—*Vse norlmal'se. Vse norlmal'se.*

Las dependientas se miran las unas a las otras, intentando decidir si deberían pedir una ambulancia.

Uri les dice que nos dejen espacio y se retiran sin decir palabra.

Supongo que viene aquí con cierta frecuencia.

Yo asiento levemente con la cabeza. El mármol negro y dorado que hay bajo nuestros pies comienza a deshacerse, y al otro lado se encuentra todo lo que amo y todo lo que echo de menos.

Uri me abraza para intentar tranquilizarme.

32

Me alegra decir que me he calmado por completo para cuando regresamos a mi habitación y es como si nada hubiese ocurrido. Vale, sí que ha ocurrido, y Uri se comporta de un modo en extremo atento y protector, cosa que resulta incómoda, pero yo he vuelto a la normalidad. O lo que es para mí la normalidad.

Katerina, siempre displicente, se vuelve hacia mí y deja escapar un anillo de humo por la boca.

—Me he enterado de que te ha dado un ataque en la tienda.

—Un momento. ¿Cómo?

—Uri me llamó. Ahora es hermano mayor protector.

Uri me mira avergonzado y asiente con la cabeza. No parece acostumbrado a este papel.

—No pasa nada, Uri. Puedes irte. Te has portado muy bien. Tu padre estaría orgulloso de ti.

—Mi padre nunca estará orgulloso de mí.

Vale, eso ha sido inesperado, pero quizá mi berrinche y mi hiperventilación nos hayan unido más.

—No, Uri. Eso no es cierto. Estoy segura de que tu padre...

—Los hombres están celosos del hijo. Quiere ser joven como tú. —Es Katerina la que habla—. Por eso, en el mito griego, el hijo mata a padre.

—Vale. Tú sí que sabes cómo animar a la gente —le digo.

Ella apaga el cigarrillo e inmediatamente enciende otro.

—¿Y sabías que fumar es malo para la salud?

—¿Sabías tú que correr dos veces al día es malo para la salud?

—Qué va. No es verdad. Y, por cierto, el tabaco acabará matándote.

Ella me echa el humo.

—Y aun así todos nos morimos.

Uri se queda mirándonos con una sonrisa para aliviar la tensión.

—Chicas, deberíais tener vuestro propio espectáculo. Iríais por los pueblos para hacer reír.

—¿Y cómo llamarías a nuestro espectáculo, Uri?

—Lo llamaría «La dulce ingenua y la Parca».

—Bueno, suena bien.

Katerina me sonríe con complicidad. Sé que quiere preguntarme por mi nuevo chico y yo tengo ganas de contárselo todo. Pero ninguna de esas cosas es posible aquí.

Aquí solo es posible sonreír y discutir sin muchas ganas mientras inhalo el humo en esta habitación químicamente peligrosa.

Pero estoy aprendiendo que eso no tiene nada de malo.

Aquí los tres somos como fugitivos.

Escondiéndonos de unas fuerzas oscuras que se han abierto camino hasta nuestras vidas, pero que al final no tienen nada que ver con nosotros.

33

—Sí, es del FSB.

Estoy corriendo por el parque Gorky cuando Madden me lo dice. Corriendo con mis Beats rojos, como tengo por costumbre.

—Tenías razón, Paige. Punto para ti.

—¿Y qué significa eso? ¿Mi identidad ha sido descubierta?

—No, claro que no.

—Entonces, ¿qué pasa? ¿Es lo normal? ¿Todo estudiante estadounidense de intercambio tiene su propio espía personal?

—Más o menos. Bueno, quizá no todos. Es probable que tenga diferentes encargos. Dentro de la residencia. Y no me sorprendería que tu habitación tuviera micrófonos, por cierto. Y cámaras.

—¿En serio?

—Sí. Así que no te quites las bragas. No querrás convertirte en una sensación viral, ¿verdad?

—Ja, ja. Qué gracioso. Bueno, ¿y qué debería hacer?

—Actúa con normalidad.

—¿Y qué pasa con Raynes?

—Yo iba a hacerte la misma pregunta.

—Estoy... ganándome su confianza.

—¿Seguro que es eso lo que estás haciendo? Porque desde aquí parece que estás intentando que te pida matrimonio.

—¡Qué asco! Tú y yo sabemos que no tengo sentimientos.

—Bien. Entonces date prisa. Mis jefes ya están hablando de cerrar el grifo a esta operación.

—¿Qué? ¿Hablas en serio?

—Esto no es una guardería, Paige.

—Pero...

—Aquí todo está en juego. —Hace una pausa y en mi cabeza veo esa imagen de mis padres en blanco y negro—. No hagas que te despida.

Y cuelga el teléfono.

34

No percibo que el sonido tenga algo que ver conmigo. Es algo que suena de fondo. Algo dirigido a otra persona. Ruido blanco.

Estoy volviendo hacia la residencia, a punto de salirme del camino del parque Gorky para ir hacia el río. Está empezando a ponerse el sol, no solo en el cielo, sino también en el agua, que adquiere tonalidades rosadas y anaranjadas mientras la ciudad de Moscú va cubriéndose de luces. Primero esta farola, luego aquella, después ese restaurante, más tarde la luz que hay encima.

Pero el sonido sigue insistiendo. Incluso suena más amplificado. Cada vez más y más cerca, hasta que me doy cuenta... Un momento. Va dirigido a mí.

—Hoooolaaaaa, PAIGE... PAIge... Paige... Paige...

Está imitando el efecto del eco. Mi nombre, procedente de algún lugar junto al camino.

Me giro hacia el origen del ruido y entonces me doy cuenta de lo que es, de quién es.

Abajo, flotando junto a mí por el río Moscova... ¿Cuánto tiempo llevará allí? Ahí, de pie en la cubierta de un barquito blanco... Ahí está él.

Sean Raynes. En toda su gloria, con su pelo negro y ese aspecto entre torpón y descuidado, como si fuera un genio.

Sonríe y parece iluminársele el rostro cuando le veo. Como si creciera un par de centímetros y, entonces, respira aliviado.

—Pensaba que nunca me verías. Llevo aquí una eternidad gritando como un idiota.

—Dios mío. ¿Qué pasa?

El barco vira hacia el lateral del río, donde un muro de piedra caliza separa el agua del caos de la ciudad. Más adelante hay una escalera que baja hasta el río. He visto alguna vez a los pescadores ahí, al amanecer.

—Lo que pasa es que vas a bajar por esas escaleras y a subirte a este trasto. Antes de que me arresten por algo.

—¡Por acoso! ¡Deberían arrestarte por acoso!

—¿En serio? ¿Esto es demasiado?

Me dan ganas de gritar «¡NO! ¡Me siento mágica, halagada, como si estuviera en una película!», pero no es eso lo que grito.

—¡Es posible! —respondo en su lugar.

Bajo por las escaleras de piedra hasta la orilla del río Moscova, que resplandece pese a su contaminación. No voy a mentiros, yo no me comería lo que sea que pescan los pescadores aquí por las mañanas.

Y ahora el barco se acerca al punto de amarre y me encuentro cara a cara, o más bien treinta centímetros por debajo, con Sean Raynes, protagonista de intrigas internacionales.

—¿Dónde está Oleg?

Me doy cuenta de que el barco lo capitanea, o lo conduce, o lo pilota, o como se diga, un viejo lobo de mar que, desde luego, no es Oleg. Este hombre tiene el pelo blanco y un sinfín de arrugas.

—Eso me preguntaba yo. Hoy han enviado a este tipo. Quizá Oleg se haya cansado de mí. —Levanta una mano y se la lleva a la cabeza con dramatismo—. ¡Oh, no! ¡Ha perdido el interés! ¡Y yo acabo de comprarme un vestido nuevo!

Y veo el brillo en sus ojos.

—No te preocupes. Quizá la cosa con el nuevo vaya para delante.

Ambos nos volvemos hacia el nuevo guardaespaldas y nos reímos en voz baja. Tiene el pelo bastante canoso. Parece que ha vivido días mejores.

Trato de subirme al barco, pero viene una ola y de pronto parece que voy a caer entre los escalones de piedra caliza y el barco, de lleno en el gélido río Moscova.

—¡Arriba! —Estira los brazos y me agarra justo antes de caer al agua, donde sin duda el barco me aplastaría contra el muro y todas mis dificultades y tribulaciones acabarían por fin.

La inercia hace que nos tambaleemos hacia atrás dentro del barco y acabemos tirados en la cubierta.

—¡Jesús!

Qué momento. Entonces Raynes empieza a reírse. No le culpo, porque es una situación bastante ridícula.

—Somos idiotas —le digo.

—No, no lo somos. Somos marineros curtidos.

—¡Todo a babor, grumete!

—¿Así imitas tú a un marinero curtido? —Me sonríe. Ambos estamos sentados en la cubierta, recuperándonos de nuestro momento vodevilesco. Pero está pegado a mí, inclinado hacia mí. Aunque no demasiado cerca.

Así es como me siento.

Me gustaría que estuviera más cerca.

Me gustaría que estuviera a menos de un milímetro. Me gustaría que estuviera más cerca aún.

Me aclaro la garganta.

—Intentaba imitar a un pirata, creo.

—Yo me siento como un pirata. ¡Fugándome con mi tesoro!

—Un momento. ¿Yo soy el tesoro en esta metáfora?

Él me mira. Qué ojos. Es como si en ellos se escondiera un rayo mortal. Un secreto de Estado.

—Sí.

Así es como me siento.

Como si no pesara nada, como si nada me retuviera y no existiese el tiempo. El tiempo ni siquiera ha sido inventado.

El barco empieza a navegar por el río y, sobre nuestras cabezas, se encienden las luces de la catedral de San Basilio, esas agujas rojas en forma de cebolla que se clavan en el cielo color lavanda.

Ojalá este barco pudiera seguir navegando por el río toda la eternidad, hasta el Volga, más allá de Yaroslavl, surcando las aguas de los zares hasta San Petersburgo, y desde ahí huiríamos a Finlandia y nadie sabría jamás dónde estamos, o quiénes somos, o qué hicimos, o qué es lo que nunca quisimos hacer.

El río Moscova fluye por debajo de nosotros mientras Raynes y yo permanecemos recostados contemplando el cielo, las agujas de las iglesias y las azoteas de los edificios. Ya es de noche, hay luna creciente y algunas estrellas.

—Mira, la Osa Mayor. ¿La ves?

Raynes asiente mientras admira el paisaje.

—¡Y ahí está el cinturón de Orión! ¿Lo ves? Esas tres estrellas de ahí.

—¿Y qué es eso de ahí? ¿Lo sabes?

—¿Eso? Eso es el chaleco de Orión.

Raynes se gira y se inclina hacia mí.

—Qué gran descubrimiento. No tenía ni idea de que existiera el chaleco de Orión.

—Oh, claro que existe. Pero es difícil de ver. Tienes que estar en un barco en el río Moscova, con una chica llamada Paige.

—Vaya, menos mal que he conseguido eso último.

Yo me sonrojo e intento seguir bromeando.

—No. En serio, menos mal que he conseguido eso último.

Y entonces sucede, damas y caballeros, el momento en el que Sean Raynes, hombre de misterios internacionales, se inclina y me besa.

Y el mundo se detiene.

Vale, ya sé que fuera de nuestras cabezas sigue su curso. Sé que la tierra sigue girando y que la luna sigue brillando y que el río sigue acariciando el barco con sus olas. Sé que el mundo no ha dejado de girar de golpe. Pero en este preciso momento, en este barco, mientras me besa, siento que podríamos ser parte de las constelaciones. Podríamos ir más allá de Andrómeda, de Pegaso y de la Osa Mayor. Y quedarnos allí.

Para siempre.

36

Katerina sigue levantada cuando vuelvo a la residencia. Está leyendo *Sula*, de Toni Morrison, con una lamparita de clip. Con mi lamparita de clip.

—Un momento. ¿Esa es mi lámpara?

—Sí. Me gusta.

—Es una novela muy buena, por cierto.

—Sí, trata sobre la amistad —lo dice con una voz cargada de significado. Y añade—: Entre chicas.

Me quedo parada ahí un segundo, sin saber qué decir. Un momento. ¿Sabrá que soy una espía? ¿Me habrá tomado el pelo?

—Deberías leer *La canción de Salomón*. Esa también es buena —digo en un intento de desviar la atención.

—Quizá. —Cierra el libro—. ¿Puedo hacer pregunta?

—Sí, puedes hacer pregunta.

—¿Te estás enamorando?

—¿Qué? ¡No! Claro que no. ¿Qué te hace pensar eso? ¿De quién me iba a enamorar?

Katerina se queda mirando las paredes azules descascarilladas durante unos segundos.

—No estoy segura. Quizá me lo digas tú. Quizá podamos tener charla de chicas.

—¿En serio? ¿Y después hacemos guerra de almohadas?

—¿Es eso lo que hacen las chicas estadounidenses?

—Desde luego que no. Es la idea que tienen los hombres de lo que hacen las chicas. Pero no está basada en la realidad. Como el resto de cosas que aparecen en los medios de comunicación.

—¿Todas las chicas estadounidenses son así?

—¿Así cómo?

—Como tú. Antisistema.

—Probablemente más de lo que imaginas.

—Cuando pienso en chica estadounidense, pienso en conejito.

—¿A ti te parezco un conejito, Katerina?

—Sí. Y estoy preocupada por ti.

La lamparita de clip es lo único que ilumina nuestra íntima conversación. Encendería la luz del techo, pero eso arruinaría el momento.

—¿Preocupada por mí? ¿En serio?

—Paige, tú eres buena chica por dentro. Eres persona amable. Pero esto es Rusia. Este no es lugar para conejito.

Se queda mirándome, intentando no decir demasiado.

—Quizá haya peligros a tu alrededor y no te das cuenta.

Es una advertencia. Pero su tono es protector, no amenazante.

—Katerina, no me he caído de un guindo.

—¿Qué guindo?

—Es una expresión. Significa que no he nacido ayer, que sé cómo funciona el mundo.

—Pero ¿por qué guindo?

—No lo sé.

—Un guindo sería un buen lugar para un conejito.

Y, sin más, apaga la lamparita que me ha robado y ambas quedamos sumidas en la oscuridad.

Uri nos ha invitado a comer a Katerina y a mí. Para conocer a sus padres. En realidad, solo a su padre y a la novia florero de este. Ya sabéis a quién me refiero. La reina Elsa. Lo que no sé es que, aunque nunca antes los he visto, ellos sí me han visto a mí.

Estamos en el comedor barroco azul y dorado con sillas blancas de estilo Luis XIV y una cúpula gigante de Tiffany sobre nuestras cabezas. Intento con todas mis fuerzas no parecer una estadounidense provinciana y pasarme todo el tiempo con la boca abierta.

Tened en cuenta que nunca antes había estado aquí ni conozco a estas personas. Vosotros sí, porque tuve el detalle de mostraros esa grabación. Pero ahora mismo, llegado este punto de mi aventura, yo, Paige Nolan, no tengo ni idea de quiénes son estas personas ni de qué es lo que traman. Soy como un corderito inocente.

—¿Estarás mucho tiempo lejos de casa?

El padre de Uri, también conocido como Dimitri, o el mafioso más poderoso de Moscú, me está hablando a mí.

—Eh, sí, supongo.

—Con vosotros los estadounidenses siempre es «supongo». Todo es «supongo» o «más o menos». Nunca definís.

—Creo que es nuestra manera de ser educados, quizá.

—Sí, muy educados mientras bombardeáis a niños inocentes. Perdón. Mientras más o menos bombardeáis a niños inocentes.

—Si está buscando que le ofrezca un argumento positivo sobre las bombas a civiles, créame, ha invitado a comer a la persona equivocada. Estoy absolutamente en contra de la guerra y del imperialismo. Soy pacifista por encima de todo. *Nam-myoho-renge-kyo.* Es mi canto budista. Pero a veces canto en arameo. *Maranatha.* Que significa «Ven, Señor» o «Viene el Señor». Depende de cómo me sienta.

Dimitri absorbe la información.

La reina Elsa me echa el humo a la cara.

De pronto, Dimitri explota.

—¡Eso es lo que no entiendo de Estados Unidos! Tenéis un gobierno que hace cosas horribles, o deja que ocurran cosas horribles en el mundo, en estados coloniales, estados títeres. Y luego conoces a los estadounidenses y son todos como cachorritos.

La reina Elsa vuelve a echarme el humo. Creo que no le caigo bien.

—¿A qué atribuyes esa discrepancia?

—Con el debido respeto, señor, los estadounidenses somos buena gente.

Miradme. ¡Si parezco Abigail Adams! Nada como una crítica a tu patria para sacar a relucir con orgullo los colores de la bandera.

—¿Y qué opina la buena gente de un traidor como Sean Raynes?

Eso sí que es raro. ¿Por qué saca ese tema? Vale, sí, es famoso y todo eso, pero...

—Bueno. Creo que es un héroe. —No le digo que es mi casi novio—. Es la clase dirigente la que le odia.

—Por supuesto. Le muestra al mundo que son unos hipócritas.

—Vaya, menuda conversación para acompañar el *borscht* —bromea Uri. Creo que está intentando protegerme. Qué mono.

Todos soltamos una carcajada falsa... y entonces sucede algo extraño.

En el rincón, junto a un enorme espejo dorado que va del suelo al techo, se oye un fuerte estruendo.

Todos los que estamos sentados a la mesa, y me refiero a todos, nos giramos hacia allá, preparados para atacar. Dimitri. Katerina.

La Reina de Hielo. Y Minion, que apunta con su pistola al camarero.

Pero solo ha sido un accidente. El joven camarero ha dejado caer una copa de vino mientras la limpiaba. El sonido ha reverberado en la cúpula azul del techo.

El chico levanta las manos, aterrorizado.

—Perdón...

Todos respiran aliviados.

Me doy cuenta de que Uri y yo hemos sido los únicos que no han dado un respingo.

Interesante.

—Vaya. Qué mesa más nerviosa —comento con una sonrisa.

Dimitri me devuelve la sonrisa educadamente, pero no parece que le haga mucha gracia.

—Ha sido un placer conocerte, Paige estadounidense. Y a ti, Katerina. Nos veremos pronto.

Y, sin más, Dimitri se levanta con brusquedad, seguido de Minion y de la reina Elsa. Ella mira hacia la mesa con desdén.

Katerina, Uri y yo contemplamos la escena en silencio.

—Parecen simpáticos.

Es mi manea de aliviar la tensión.

Katerina pone los ojos en blanco y los tres empezamos a reírnos.

Uri llama al camarero.

—Eh, camarero que ha estado a punto de morir por una copa. Ven. Trae vodka. ¡Y comida!

El camarero mira a su alrededor y desaparece, presumiblemente para ir a buscar el vodka.

—Eh, Uri, ¿por qué quería conocernos tu padre? Ya sé que somos mujeres de mundo fabulosas e interesantes, pero, en serio, ¿por qué? Ha sido un poco raro. No ha hecho más que criticar a Estados Unidos. ¡Ni siquiera hemos comido!

—Quizá esté escribiendo un artículo —contesta Katerina con suficiencia.

—¿Naciste con esa expresión de suficiencia en la cara? —bromeo—. Cuando llegaste a este mundo, ¿les pusiste mala cara a los médicos y pediste un cigarrillo?

—Quizá. Le preguntaré a mi madre.

Sí, sé que Katerina es una espía. Y, para ser sincera, me da pena que finja ser mi amiga. Pero no puedo demostrarlo. La mejor manera de disimularlo es actuar con normalidad. Con relajación.

El camarero regresa con una botella de vodka y tres vasos de chupito.

—No, no. Tú también bebes —le dice Uri—. Insisto. No todos los días tiras una copa de vino y estás a punto de morir.

Me doy cuenta de que Uri es prácticamente lo contrario a su padre.

El camarero sonríe y acepta agradecido un chupito de vodka.

Uri le ve beber y dejar el vaso en la mesa.

Silencio.

—Era el vaso con el veneno.

El camarero se pone blanco.

—¡Era broma!

El camarero respira aliviado. Uri y Katerina se ríen con todas sus fuerzas.

Katerina se vuelve hacia mí.

—¿Ves, Paige estadounidense? Los rusos también somos gente simpática.

38

Quien fuera el que diseñó la vivienda de Raynes en Moscú creo que no quería que se marchara. Quiero decir que es asombrosa. Se encuentra en lo alto de un rascacielos de cristal extremadamente moderno y tiene piscina. No es que haya una piscina que puedes compartir con el resto de vecinos. No. Tiene una piscina en la terraza. En su terraza. Sí. Una piscina infinita privada en la terraza, de modo que estás nadando en ella y parece que podrías salir nadando por el cielo.

Y yo no puedo.

Raynes y yo estamos sentados junto a la piscina, bajo una estufa de jardín que funciona a toda potencia, comiendo *sushi* y bebiendo sake caliente. Al parecer, la piscina está climatizada, por si pensabais daros un baño. Pero hace frío. Recordad, estamos en la decimocuarta planta.

No os preocupéis. Oleg está dentro, en la barra de la cocina, sentado ahí como un bicho gruñón en una seta venenosa.

—Nunca te habría imaginado en un lugar así.

—Yo tampoco. —Raynes parece avergonzado—. No tenía mucha elección.

Se levanta viento en la terraza.

—¿Hasta qué punto es horrible?

—¿El qué?

—Tu cautiverio superglamuroso.

—Es surrealista. No quieren enviarme de vuelta porque a Putin le encanta humillar a Estados Unidos. Y tampoco me matan. Por dos razones. La primera, sería un incidente internacional entre Estados Unidos y Rusia. La nueva guerra fría. Eso no está bien. Y la segunda..., saben que tengo más información. Quizá algo que desean. Quizá algo que puedan usar contra Estados Unidos. Si yo muero, nunca lo encontrarán.

—¡Vaya! —digo yo, como si fuese algo nuevo para mí—. No es por ser macabra, pero... ¿no podrían torturarte para sacarte la información? Siéntete libre para decirme que deje de hablar, por cierto.

—No, es una buena pregunta. Vuelve a haber dos razones. Primera, otra vez tendríamos un incidente internacional. Segunda... —se detiene, mira a su alrededor y baja la voz—, si me matan, lo que tengo saldría a la luz de todos modos. Diseñé un programa que se activa si me matan. O si alguien me mata. Y, claro está, eso también lo saben.

—¡Ah! Por eso sigues vivo. Bueno, me alegra oírlo. Prefiero hacer planes con gente viva.

Brindamos con nuestras tazas de sake, como si no hubiera preocupaciones en el mundo, y yo me quedo pensando unos segundos.

—Un momento. ¿No pueden piratearte? Estoy segura de que tendrán a sus mejores hombres intentando encontrar la manera de piratear todo aquello en lo que has mostrado un mínimo de interés. Para intentar encontrar dónde está incrustado.

—Eso es algo que ellos darían por hecho, ¿no?

Vale, tengo que parar antes de que empiece a sospechar.

Pero no puedo resistirme a hacer una última pregunta.

—¿Y es verdad?

—¿El qué?

—¿Tienes información adicional? Algo que alguien pueda querer de verdad.

Sonríe.

—¿De verdad quieres saberlo?

Oleg enciende la tele de dentro.

Yo miro a Raynes con los ojos entornados.

—Me dan ganas de tirarte a la piscina ahora mismo.

—Jamás me tirarías a la piscina ahora mismo.

—¿Por qué? ¿Crees que Oleg saldría y me lanzaría al vacío?

—Puede ser. Es muy posesivo.

Me levanto para observar a Oleg. Parece que está viendo una película de atracos. Raynes y yo nos quedamos de pie, mirándolo.

—¿Crees que le fastidia que le hayan asignado esta misión? La de vigilarte.

—No lo sé. Es impenetrable. Es como hablar con una pared.

Y entonces le empujo.

¡Sí! Damas y caballeros, Paige Nolan acaba de empujar a la piscina al enemigo público número uno. Con la ropa puesta.

Solo hay un problema.

Justo cuando está a punto de caer hacia atrás, estira el brazo, me agarra de la manga y me arrastra con él a la piscina climatizada (gracias a Dios que está climatizada). A catorce pisos de altura. En un rascacielos de Moscú. Con las luces de la ciudad a nuestro alrededor.

—¡Satanista! —le digo mientras le salpico.

—¡Meretriz! —me responde.

—¡Sabandija! —Ahora yo.

—¡Chupa almas! —Estamos salpicándonos como si tuviéramos cinco años, hasta que levantamos la cabeza y vemos a Oleg mirándonos con rabia desde el borde de la piscina.

¿Por qué siento como si me acabaran de pillar en falta?

—¡No pasa nada, Oleg! ¡Solo estamos chapoteando un poco!

Me río como una idiota.

Pero a Oleg no le hace gracia.

Vuelve al salón sin decir palabra.

—Es un gran conversador —le susurro a Raynes.

Pero da igual lo que le diga, porque se abalanza sobre mí y me ataca con la boca.

Bajo el cielo y las luces de Moscú.

Es el mejor ataque posible.

39

Vale, pillada.

Me quedo a pasar la noche.

Mirad, no me juzguéis. No solo estoy totalmente obnubilada con cierta persona cuyo nombre no pronunciaré, sino que además lo hago por mi país. Me estoy sacrificando, ¿vale?

Y no. No pienso contaros los detalles más morbosos.

Pervertidos.

Lo único que diré es esto: cuando piense en esta noche, ahora y probablemente durante el resto de mi vida, tendré que dejar de hacer lo que esté haciendo, quedarme quieta, tomar aliento y tratar de recuperar la compostura.

Eso es todo lo que voy a contaros.

Dejadlo ya.

Son como las cuatro de la madrugada y estoy planeando cómo regresar a mi residencia de puntillas cuando me fijo en una copia de *El pájaro pintado* en la librería.

¡Eh! ¡Eso es genial! ¡Nuestro libro! ¡Es nuestro libro! ¡Es una señal!

Entonces me fijo con atención y me doy cuenta de que tiene algo que asoma por arriba. Como una postal o una foto o un recibo.

Me acerco de puntillas, para no despertar a Raynes, y bajo el libro con cuidado para mirar la foto. No es una postal, es una captura de pantalla impresa. Veo la barra de la configuración en lo alto de la imagen.

Qué raro.

En la foto aparece una pequeña estructura circular de barro con una puerta de madera, detrás hay una enorme formación rocosa de color rojo del tamaño de un edificio y un amplísimo cielo desértico al atardecer. Todo en la fotografía tiene un tono siena. Resplandece.

—¿Qué estás haciendo?

Uy.

Pillada.

No pretendía despertarle, pero aquí está, en toda su gloria, con el pelo revuelto, mirándome con los ojos entornados.

—Eh..., perdona, he visto que tenías *El pájaro pintado*, lo he sacado de la librería y se ha caído esto.

Así que, en definitiva, estaba cotilleando.

—Ah, sí. Genial, gracias. —Me quita la fotografía muy deprisa. Prácticamente me la arranca de la mano.

—Qué foto tan bonita...

Estoy intentando aliviar la tensión, pero no parece que funcione.

—Ah, sí. Gracias.

Vale, la he fastidiado. Parece... ¿molesto?

—¿Por qué te vas tan temprano? ¿No quieres quedarte? Podría prepararte unos huevos o algo así.

Un momento. ¿Por eso está molesto? ¿Pensaba que iba a marcharme sin decirle nada? ¿Le da igual que estuviese cotilleando?

—No, no quería...

—La verdad, me parece muy grosero que te marches sin más. Ni siquiera te has despedido.

Oh.

Vale.

Francamente, estoy convencida de que a mis no novios de Estados Unidos les aliviaba que desapareciera sin más. Desde luego no se quedaban decepcionados.

Esto es una novedad para mí.

—Supongo que pensaba que sería mejor no tener que mantener una conversación incómoda y sentirme estúpida e insegura.

—Ven aquí. Vamos a tener una conversación incómoda y a sentirnos estúpidos e inseguros los dos. ¿Qué te parece eso?

—¿Es una orden? ¿En plan, «yo soy el hombre, así que yo decido»?

—No. Es una orden, en plan, «por favor no te marches. No quiero que te vayas».

—Ah. Vale, pues no me voy.

Le veo sonreír como un niño que acabase de descubrir su botín de Navidad.

—Genial. ¿Cómo te gustan los huevos?

—Como mi carácter.

—¿Revueltos?

Agito la mano.

—Yo iba a decir pasados por agua.

Pero sí, revueltos... Jamás unas palabras encerraron tanta verdad.

40

Estoy a punto de llegar a casa cuando me doy cuenta.

Madden está medio dormido cuando consigo hablar con él a través de mis cascos rojos.

—Habla.

—Necesito un billete de avión para volver a Estados Unidos.

—¿Qué? ¿Por qué?

—Creo que sé dónde guarda Raynes su secreto.

Él bosteza.

—Vale, de acuerdo. Pero será mejor que tengas razón.

—Tengo razón. Sé que tengo razón.

De pronto, surge en mi cabeza la imagen de mis padres, allí, en ese complejo polvoriento en mitad de Dios sabe dónde.

He de tener razón.

Voy a tener razón.

41

Tardo como un día en llegar hasta allí; primero en avión, luego en un segundo avión, que es un avión pequeño, y después en coche, que es de alquiler.

Durante este largo viaje hago un esfuerzo por no pensar en la posibilidad de que no tenga ni idea de lo que estoy haciendo.

Seamos sinceros, me estoy guiando por una corazonada.

Pero así es.

Siento algo por Raynes. Aunque no soporte hablar de ello. Aunque preferiría no tener que admitirlo. Pero hay algo ahí. Hay una conexión, como si lo conociera desde hace más tiempo. Como si nos hubiéramos visto antes. Como si estuviéramos conociéndonos por segunda vez.

Quizá esa otra vez fue hace cien años o hace mil o nunca. Quizá es que soy estúpida, pero siento que lo conozco, que sé lo que hay en su interior, lo que le gusta. Porque me conozco. Conozco lo que hay en mi interior. Lo que me gusta a mí. Y estoy bastante segura de que son las mismas cosas.

Por eso creo que tengo razón.

Con mi corazonada.

Me contó la historia de los navajos, ¿recordáis? Lo de Fortress Rock. Significa algo para él. Los navajos. Su rebelión. Su negativa a dejarse vencer. No hicieron lo que se suponía que tenían que hacer. Lo que el ejército quería que hicieran. Lo que Estados Unidos quería que hicieran.

Igual que él.

Y, al final, fueron libres.

Ganaron.

Tenían razón.

Eran enemigos que, pasado un tiempo, se convirtieron en héroes.

Pero hay algo más. Raynes se comportó de manera extraña, parecía incluso un poco asustado cuando me vio mirando esa foto. La captura de pantalla. Francamente, le vi nervioso. Y levantó un muro a su alrededor. Fue un instante, se recuperó enseguida, pero al principio se puso a la defensiva. Estaba defendiendo algo.

Y creo que sé qué estaba defendiendo.

Tardé un rato, pero, gracias a la magia de internet, descubrí qué era exactamente lo que estaba mirando en aquella captura de pantalla.

Y sí, cuando se fue a la otra habitación, agarré mi móvil y saqué una foto a la foto. Así que ahora tengo la captura de pantalla de una captura de pantalla. Todo muy meta.

Así que la estructura circular de barro que aparece en la foto, según internet, es una *vivienda circular, con o sin vigas interiores, con muros de madera o de piedra cubiertos de tierra. Puede tener un techo de corteza de árbol si se trata de una casa de verano. Tiene una puerta que da al este para recibir al sol y tener así riqueza y buena fortuna.*

Se llama *hogan*.

Es la vivienda tradicional de una tribu.

Ellos se llaman a sí mismos diné.

Pero nosotros, los hombres blancos, les hemos dado otro nombre.

Y ese nombre es...

Navajos.

42

Parque Navajo de Monument Valley.

Ahí es donde se encuentra. Esa enorme torre roja que sale del suelo sobre la meseta. Se encuentra en Monument Valley. Es fácilmente reconocible; sale de la tierra y a un lado tiene una aguja más fina. Tiene un nombre. West Mitten Butte. O, lo que es lo mismo, la colina de la Manopla occidental.

Tiene sentido.

Sí que parece una manopla.

Este es uno de esos lugares que ves por primera vez y no entiendes cómo no has venido antes. Esa luz rosada que se refleja en las rocas rojas y en las mesetas, el azul brillante del cielo, que parece pintado, todo eso te hace sentir que tiene que existir Dios. Tiene que existir. Para poder hacer algo así.

Se encuentre donde se encuentre el *hogan* navajo que aparece en la foto, West Mitten Butte está detrás. Y es probable que a bastante distancia, a juzgar por su tamaño. La buena noticia es que no hay muchas carreteras por aquí. La mala noticia es que nadie me garantiza que el *hogan* se encuentre cerca de alguna carretera. Es como buscar una aguja en un pajar. Este lugar es más grande de lo que parece en la fotografía.

Aunque tampoco me importa.

Esto es justo lo contrario a estar en un club clandestino de Moscú. Esto es inmenso y no hay nadie en kilómetros a la redonda. Y eso no es todo. Aquí hay algo más. Es casi como un espíritu. Sientes que alguien te está mirando, pero no en el sentido siniestro. Notas que hay algo en el aire, una especie de amabilidad que te envuelve.

No lo comprendo.

De verdad que no. Pero sí puedo entender que esto sea terreno sagrado. Entiendo que para los navajos sea especial, que lo consideren el corazón de la tierra.

Este es el lugar donde Raynes escondió su carta ganadora. Puedo sentirlo.

Si miro la fotografía, solo hay una montaña al fondo. Pero, cuando miro el mapa, hay otras dos cercanas, formando una especie de triángulo. East Mitten Butte y Merrick's Butte. Ninguna de esas dos montañas de piedra aparece en la imagen. Pero, a juzgar por el lateral por el que emerge la aguja, el dedo de la manopla, y sabiendo que la puerta del *hogan* tiene que estar orientada al este, empiezo a hacerme una idea de la ubicación de este lugar crucial. Y no se encuentra cerca de la carretera.

Menos mal que he traído agua.

Si no he vuelto al ponerse el sol, podéis esparcir aquí mis cenizas. ¿Prometido?

43

Me paso como cuatro horas caminando por el desierto hasta que lo encuentro.

Allí está, prácticamente escondido, camuflado en mitad de la meseta: el *hogan* abandonado. No hay nada en kilómetros a la redonda. Ni un cobertizo, ni otra vivienda, ni un ser humano. Solo esta estructura con una puerta de madera orientada al este.

Gracias a Dios que es otoño, de lo contrario estoy segura de que no lo habría conseguido. Sin embargo, ahora hay una temperatura perfecta y corre una ligera brisa, ideal para no morir tras una caminata de cuatro horas.

Me quedo allí de pie un momento, observándolo, sintiendo el viento que recorre la meseta.

De pronto siento como si estuviera invadiendo este lugar. Como si estuviera violando esta tierra sagrada donde no pinto nada.

Miro hacia el cielo.

—Lo siento.

En realidad no sé con quién estoy hablando; quizá con el viento. Pero, sea como sea, siento que debo tener respeto en este lugar. Este lugar que me observa.

Me aproximo con reverencia y cautela. Al fin y al cabo, estamos en tierra de serpientes de cascabel y de escorpiones. Abro la puerta. Ni mordeduras ni picaduras. De momento.

Si nunca habéis estado dentro de un *hogan*, os daré una pista. Es un poco como estar dentro de una cesta de mimbre gigante dada la vuelta. El interior está compuesto de una serie de troncos rectangulares entrelazados para mantener la estructura en pie. La parte de barro va por fuera. Así que, por dentro, es bastante bonito. No pensaba que sería así. Le pones un par de alfombras y podrías anunciar este lugar en Airbnb por trescientos dólares la noche. ¡¡TU PROPIO *HOGAN* NAVAJO EN MONUMENT VALLEY!! ¡¡OLVÍDATE DE TUS PROBLEMAS!!

Sí, todo en mayúsculas.

Tardo solo tres horas en inspeccionar cada milímetro de cada centímetro de cada trozo de madera, paja, barro y algunas arañas que hay aquí.

Tres horas ¿y sabéis lo que he encontrado?

Eso es.

Nada.

Cero patatero.

Nichts.

Dios, soy lo peor. Lo que ocurre ahora es que empiezo a darme cabezazos una y otra vez contra la pared del *hogan*.

—Idiota. Soy una idiota. ¿Por qué seré tan idiota?

¿En qué estaba pensando? ¿Entiendo a Raynes? ¿A Raynes le preocupan los navajos? Lo conozco desde hace... ¿cuánto? ¿Seis semanas? ¿Qué voy a saber yo? ¿Es que estoy loca?

Lo peor es lo de Madden.

Voy a tener que decirle a Madden que me he equivocado.

«Ey, ¿recuerdas esa corazonada que tuve y por la que me enviaste urgentemente desde Moscú hasta Monument Valley y que ha debido de costar un dineral? Bueno, pues resulta que estaba equivocada. Lo siento».

Au.

Me golpeo la cabeza contra el *hogan* con demasiada fuerza.

Jesús. ¿Cómo puedo estar tan flipada?

Estoy agotada, cabreada y humillada. Me tomo un momento para tumbarme en el suelo y admitir mi derrota.

He fracasado.

Veinte minutos más tarde, el corazón me da un vuelco.

Así, sin más.

Me da un vuelco, me pongo en pie y salgo corriendo por la puerta.

Saco del bolsillo la foto de la foto y empiezo a caminar.

Hay como sesenta metros hasta el lugar desde donde se tomó la imagen.

Me doy la vuelta y levanto la fotografía.

Un poco más arriba.

Un poquito más...

Ahí.

Justo ahí. Eso es.

¿Lo veis? Aquí mismo. Este es el punto exacto. Si sostengo la fotografía justo así, es el mismo lugar desde el que fue tomada. El punto de vista de la imagen, por así decirlo.

Sin saber lo que estoy haciendo ni por qué, empiezo a cavar. A mis pies, sin detenerme. Sin pensar.

Cada vez me cuesta más, así que utilizo un palo y una especie de roca afilada, y cualquier otra cosa que voy encontrando. No pregunto por qué, es como si estuviera poseída para hacer esto.

Llevo unos veinte minutos y entonces me topo con algo.

Me detengo.

Dejo la roca y miro.

Retiro la tierra que hay encima.
Podría ser una piedra.
Quizá incluso un hueso.
Quién sabe.
Pero, al sacudir la tierra de encima me doy cuenta.
No es ninguna de esas dos cosas.
No, nada de eso.
Damas y caballeros, es...
Una reliquia..., una antiquísima... memoria USB.

45

¿Habéis visto alguna vez a una chica bailando sola en mitad de Monument Valley junto a un *hogan?* Yo tampoco. Pero eso es lo que estoy haciendo. Temblando. Y dando saltos. Muchos saltos.

—¡Lo conseguí! ¡Lo conseguí! ¡SÍ! ¡Oh, sí! ¡Sí, sí, sí, sí!

Y entonces caigo al suelo de rodillas.

—Gracias. Gracias, gracias, gracias. Quien sea que ha hecho esto, gracias.

Estoy feliz, eufórica, exultante, y todas esas palabras que describen algo que uno nunca es. Estoy fuera de mí.

O encima de mí. O lo que sea.

Es como si flotara sobre el suelo.

Y me siento así durante unos dos minutos.

Dos minutos de auténtico éxtasis hasta que caigo de golpe al suelo.

Literalmente.

46

¿Sabéis esos dibujos animados antiguos, de la época de los *Looney Tunes*, en los que cuando a alguien le arreaban un porrazo oía pajaritos y veía estrellas alrededor de la cabeza? Nunca lo llegué a entender. Hasta ahora.

Porque estoy oyendo pajaritos y viendo estrellas que dan vueltas alrededor de mi cabeza.

Algo o alguien me ha dado un buen golpe.

No lo he visto venir.

De verdad que no.

Cuando por fin vuelvo en mí y enfoco con la mirada, me doy cuenta de que estoy contemplando un cielo azul sin nubes. Por un momento creo estar en el cielo. Entonces recuerdo que no, no estoy en el cielo. Estoy en Monument Valley.

Casi, pero no.

A mi alrededor no oigo nada.

Los pajaritos por fin se han callado.

Me incorporo, me sacudo el polvo e intento aclimatarme.

Vale.

Tenía algo.

Había algo que yo tenía.

Había estado buscándolo.

¿Qué era?

Estaba justo aquí.

Ah, sí.

¡La memoria USB!

Dios mío.

¡He perdido la memoria USB!

Un momento, no. No he perdido la memoria. No es eso lo que ha ocurrido. Alguien se la ha llevado. Alguien me ha dado un golpe en la cabeza y se ha llevado la memoria.

Aquí.

En medio de ninguna parte.

Miro a mi alrededor. No hay nada en toda la meseta. Miro hacia el este. Nada en kilómetros y kilómetros. Ahora hacia el oeste.

Nada.

Excepto...

Un momento.

¿Qué es eso?

Ahí. ¿Lo veis?

En mitad del horizonte. Lo veo. Es una figura. Una persona. Una persona caminando. No corre. Camina bastante rápido. Veo el polvo rojo que levanta a su paso.

No sé quién es.

Está demasiado lejos.

En medio de la meseta en dirección a la carretera.

A medio camino entre East Mitten Butte y Merrick's Butte.

Bueno, supongo que debería hacer algo al respecto.

Suspiro.

Creo que me he precipitado al hacer mi baile de la victoria.

He recorrido un tercio del camino hacia la carretera, con el sol que cae a plomo sobre la meseta, estoy hiperventilando porque jamás en mi vida había corrido tan deprisa, y entonces me doy cuenta de que la figura que se aleja de mí, la figura que me ha seguido hasta aquí, la figura que me ha golpeado, me ha quitado la memoria USB y planea llevársela a Dios sabe dónde, no es otra que...

Katerina.

47

Sé que pensáis que, como soy una superespía internacional, ahora voy a sacar mi rayo láser supersónico y voy a convertir a Katerina en cenizas.

Y me gustaría deciros que eso es lo que hago.

Pero no lo es.

Para cuando Katerina se da cuenta de que voy corriendo tras ella al cuádruple de mi velocidad habitual, ella ya casi ha llegado a la carretera. Y, claro está, echa a correr.

No sé lo rápida que es, pero, a juzgar por sus movimientos de karate, es más rápida que yo.

Así que hago lo que haría cualquier persona digna que se ha quedado atrás.

Le tiro una piedra a la cabeza.

Lo sé, lo sé.

Alta tecnología.

Pero funciona.

Supongo que los entrenamientos de tiro con arco en la escuela de espías supersecreta han dado sus frutos. Nunca habría imaginado que podría alcanzar a un blanco en movimiento desde tan lejos. Me propongo no decirle a Madden que ha tenido un efecto positivo en mi vida.

Pero es posible que, en este caso, haya ayudado la desesperación.

Y la adrenalina. Eso también puede que haya ayudado.

Katerina cae al suelo y seguro que ahora es ella la que oye pajaritos.

Corro hacia ella con la esperanza de que no se recupere, porque, si se levanta, estoy jodida. Recordad, tiene el cinturón Estrella de la Muerte. Es probable que ya diera patadas de karate en la guardería.

Cuando la alcanzo, sigue en el suelo. Pero no está muerta, gracias a Dios. Solo está allí tirada. Imagino que la piedra le ha dado con fuerza.

—Lo siento. Lo siento mucho. Lo siento.

Le saco la memoria USB del bolsillo.

Ella gira la cabeza hacia mí. Entorna los ojos hacia el sol.

—Paige estadounidense, no puedes dejarme aquí.

—Está bien. Llamaré al 911. Por cierto, ¿cómo diablos me has encontrado?

—Monitoreo los auriculares.

—Ay, Dios. ¿En serio? ¿Sabías lo de los auriculares? Vale, quédate aquí. No me hagas tirarte más piedras.

—No veo por un ojo.

—Tranquila. No te preocupes, te recuperarás. Tenemos los mejores hospitales del mundo. Por cierto, ¿tienes seguro médico?

—Estás de broma.

—Bueno, cada cosa a su tiempo. Tengo que irme.

Me alejo un par de metros, pero entonces me doy la vuelta y vuelvo junto a ella.

—Toma. Quédate con mi agua. Es importante mantenerse hidratada.

Ella asiente y yo me voy al coche.

Ya he pasado Merrick's Butte cuando llamo al 911 y tiro mis auriculares rojos por la ventanilla.

48

Mi sensación de libertad tras tirar los auriculares por la ventanilla dura poco.

Demasiado poco.

El motel Dover se parece al motel de *Psicosis*, pero con un poco más de estilo. El cartel de neón situado sobre la marquesina tiene una letra que parpadea. Motel Dover. Motel Over. Motel Dover. Motel Over. Y así sucesivamente, en la eternidad polvorienta del desierto.

Aquí no hay tarjetas llave. Aquí te dan la clásica llave plateada de toda la vida con un llavero de plástico verde. A la vieja usanza.

Aunque, claro, supongo que eso hace que sea fácil colarse.

¿Por qué?, ¿queréis saber?

Pues porque Madden está sentado ahí mismo, sobre la colcha de flores rojas y azules, cuando abro la puerta.

Tras él, en la pared, hay un cuadro con un coyote que aúlla a la luna.

49

—Bonita choza.

—Me pareció que molaba, de una manera irónica.

—A mí me parece que mola, de una manera llena de chinches.

—Estoy pensando en preguntarles si puedo comprar ese cuadro que tienes detrás. El del coyote.

—¿En serio? ¿Quieres colgarlo junto a tu preciado cuadro de los perros jugando al póquer?

—No tengo a los perros jugando al póquer. Es demasiado típico.

—Por supuesto.

—Supongo que te estarás preguntando si he salvado al mundo o si he fracasado estrepitosamente en mi misión como superespía internacional.

—Sí que me lo pregunto.

—Casi me dan ganas de hacerte esperar, porque es evidente que estás emocionado.

—Me tienes en ascuas. Paige, sé que todo esto es muy emocionante, que te sientes especial, pero el tiempo es vital, y esa es la única razón por la que estoy aquí sentado, en este lugar cochambroso lleno de ratas y piojos...

—¿Has venido a confesar tu amor por mí?

—Venga, Paige.

—Vale, vale. Cierra los ojos. ¿Están cerrados? Ahora extiende la mano... No mires. ¿Preparado? Venga, ábrelos.

Madden abre los ojos y ve la memoria USB llena de polvo sobre la palma de su mano.

Se le ilumina la cara con incredulidad.

—No.

—Sí.

—No puede ser.

—Sí puede ser. Lo es. ¡Lo he encontrado! ¡Lo he averiguado! Porque... he usado mi sentido arácnido.

—Vale, Paige. ¿Qué hay aquí?

—¡No lo sé! Tenemos que conectarlo.

Estiro el brazo para agarrar mi ordenador portátil, pero Madden me detiene.

—¡No! No podemos hacerlo aquí. ¿Estás loca?

—¿Loca?

—¡Sí! No es buena idea abrir el USB de un pirata informático, de un genio de la informática, enemigo público número uno, en un motel, con un servidor abierto.

—Ah, claro.

—Dámelo. Yo lo cuidaré.

—Vale, pero tendrás que decirme qué contiene, teniendo en cuenta que lo he encontrado gracias a mi percepción extraordinaria, quizá incluso, de proporciones extraterrestres.

—¿Así que ahora eres una extraterrestre? La verdad, Paige, no me sorprendería.

—Por cierto, alguien, probablemente un espía del FSB, me ha seguido hasta aquí, hasta el desierto, me ha dejado inconsciente y ha intentado largarse con la memoria.

Madden parece verdaderamente sorprendido.

No, no le digo que era Katerina. Y no sé por qué no se lo digo. Ya analizaré más tarde esa parte de mi personalidad desequilibrada.

—¿Cómo te han encontrado?

—¡A saber! Probablemente a través de esos estúpidos cascos rojos que me diste. Quizá los monitorizaron. Tienes suerte de que haya sido tan astuta como para atrapar al espía del FSB, vencerlo y recuperar la memoria.

—¿Cómo venciste exactamente al espía del FSB, Paige?

—Es demasiado complicado para que lo entiendas.

No le digo que le lancé una piedra a la cabeza. Me limito a encogerme de hombros. Soy la personificación de la humildad.

—Bueno, da igual. Bien hecho, Paige. Pero deberías cambiar de hotel. No solo porque este lugar está lleno de bichos, sino porque, sean quienes sean, es probable que sepan dónde estás. De hecho, probablemente estén de camino. Y por eso me marcho.

—Muy bien. Me incomodaba un poco que estuvieras sentado en la cama todo el tiempo. ¿No has visto lo que hay en las colchas con esa luz especial de los CSI? Es terrorífico.

Madden se levanta.

—Bueno, como de costumbre, ha sido una conversación rara.

Se dirige hacia la puerta.

—No lo olvides, cambia de motel. De hecho, podrías ir a un hotel. La verdad, te lo has ganado. La factura corre de nuestra cuenta.

—¿En serio? ¿Y puedo añadir un tratamiento de spa?

—No tientes a tu suerte.

—Solo preguntaba.

Entonces lanza algo sobre la cama.

—Por cierto, eres famosa.

Sale por la puerta y me deja con el *Moscow Times*. Ahí, al final de la página, aparece una fotografía en la que se nos ve a Raynes y a mí paseando por el río, poniéndonos ojitos. Muy enamorados. Parece que han sacado a Oleg del plano. El titular dice: *Romance a la americana*. No está mal, pero creo que podrían haber escogido algo más dramático. Yo habría elegido «Una americana en Moscú» o «Amor en la Plaza Roja», o quizá «Noches del Kremlin: ama deprisa, muere joven». Bajo el rancio titular cuentan la historia de Paige Nolan, estudiante estadounidense de intercambio y amorcito del destructor de la CIA Sean Raynes.

Esto me produce una mezcla de alegría, confusión, orgullo, inseguridad, vergüenza, afecto y miedo. Todos esos sentimientos dan vueltas en mi cabeza durante las siguientes cinco horas, por el mismo camino que habían trazado anteriormente los pajaritos, se presentan en diferentes formas y me atormentan en una especie de noria de emociones.

¡Ay, los sentimientos!

50

Este lugar es elegante. Pero no de una elegancia clásica y rancia. No, no. Una elegancia más típica de bohemios adinerados. Así que, aunque una habitación estándar cuesta trecientos dólares la noche, hay todo tipo de alfombras de los navajos y diseños espirituales por todas partes. Por ejemplo, sobre mi cama hay un atrapa sueños. Me pregunto si atrapará mis sueños en los que Gael García Bernal decide que está enamorado de mí.

Ahora mismo estoy metida en una bañera de arenisca dándome un baño de burbujas de eucalipto, con burbujas hasta las cejas. Así es como me gusta estar. Puedo fantasear con que desaparezco bajo el agua y reaparezco bajo el mar. Todos mis amigos serán criaturas marinas con diferentes personalidades basadas en su especie. Mi amigo el cangrejo será un gruñón. Mi amigo el tiburón siempre será taimado. Mi mejor amigo el delfín siempre intentará convencerme para hacer travesuras. Seremos felices bajo el mar. Cantaremos y retozaremos en los arrecifes de coral. De vez en cuando una familia de ballenas pasará frente a nosotros en su recorrido migratorio y nos detendremos a escuchar sus hermosos y sobrecogedores cantos de ballena. Evitaremos a los humanos. Cuando se acerquen humanos o barcos, les llamaremos «pies planos», nos esconderemos y nos reiremos de ellos. ¡Así será la vida bajo el mar!

Pero suena mi teléfono y todo se esfuma.

Adiós, criaturas marinas. ¡Lo pasamos bien juntos!

Es Madden.

—¿Qué?

—Reúnete conmigo abajo.

—No puedo. Estoy dándome un baño.

—Paige, baja.

—Mi nombre de criatura marina será Cola de Langosta.

—¡Paige!

—Vale, sí.

Es curioso este momento. No me había dado cuenta hasta ahora. Pero este momento, aquí en la bañera, fantaseando con una vida en el fondo del océano, era la manera perfecta de acabar. De terminar mi aventura como espía. Todo el mundo de vuelta a su vida anterior. Todo ha pasado. Se acabó.

Pero, claro, me estaba engañando a mí misma.

El bar de este hotel del desierto es bastante genérico. Mucho siena e incluso algunas fuentes multicolores de guijarros. Pero hay una pared de ventanales por los que se ve Monument Valley a lo lejos, así que en realidad ese es el atractivo de este lugar.

Madden está sentado a una mesa para dos con expresión severa.

(Estas mesas me recuerdan a cuando trabajé como camarera).

(Durante una semana).

(Sí, me despidieron).

(No recordaba los pedidos de nadie porque, francamente, me daba igual).

—Por cierto, si te interesan las joyas con turquesas, te recomiendo la tienda de regalos del hotel, cuya oferta consiste únicamente en joyas con turquesas. Y velas con aroma a cedro.

—Paige, siéntate.

Ni siquiera sonríe.

Normalmente me dedica al menos una mueca.

—¿Qué?

—Tengo noticias para ti y probablemente te cueste aceptarlo, pero espero que no montes una escena.

—¿Montar una escena? ¿Qué pasa? ¿Vas a romper conmigo?

—Paige, hablo en serio.

Suspira y mira a través de los cristales hacia las formaciones rocosas colocadas como fichas de dominó a lo lejos.

—La memoria USB. La que encontraste. Es una lista.

—¿Una lista?

—Sí. Una lista de nombres. De agentes de la RAITH. De todos ellos, por todo el mundo, en más de cien países diferentes, algunos de los cuales son hostiles con nosotros.

—¿Qué quieres decir?

—Ese era el plan de Raynes. Hacer pública la lista.

—Un momento. ¿Qué? ¿Por qué? ¿Por qué iba a hacer algo así?

—Porque creemos que piensa que la RAITH, con sus agentes civiles secretos y su falta de responsabilidad en el congreso, supone una violación de la Constitución. Cree que la naturaleza clandestina de la RAITH es un peligro para nuestra democracia, que opera con mayor clandestinidad que la CIA y el FBI juntos. Por eso.

—¿Y cuántas personas aparecen en la lista?

—Miles.

Esto no tiene sentido. Raynes admira a Elliott Smith. Si su seguridad estuviese en peligro, no arrastraría consigo a miles de personas.

—Estás a punto de decir que te lo estás inventando...

—Paige, si esto se sabe, hay gente que podría morir. Muertes horribles. No simples ejecuciones. Torturas. Será día de fiesta para todos nuestros enemigos, capturarán a nuestros agentes y les sonsacarán secretos de Estado.

—Raynes no haría eso. Jamás haría algo así.

—Paige, está todo ahí. Si lo matan, se activará un programa. Él se conecta dos veces al día. Si un día no se conecta, porque está muerto, el programa se activa y se envía la información para encontrar la memoria USB. Es como una búsqueda del tesoro para frikis. Y, cuando terminen su búsqueda y encuentren la memoria, aparecerá en todos los periódicos. Pero ya no, Paige. El hecho de que tú encontraras la memoria primero es un milagro. Ahora solo tenemos que rezar para que Raynes no sepa que vamos tras él y libere la información él mismo. Si pensáramos que rezar sirve de algo, claro.

—Un momento. ¿No crees en Dios?

Se encoge de hombros.

—Todavía no lo tengo claro. ¿Por qué? ¿Tú sí?

—Bueno, nunca he conocido a ninguna persona feliz que no creyera en algo.

Le quito importancia encogiéndome de hombros, pero, en mi experiencia, eso es cierto al cien por cien.

Tengo que desentenderme de este asunto. Mi misión era averiguar qué escondía Raynes. Ya lo he hecho. Hora de irse.

—Entonces, ya he acabado, ¿no? He cumplido con mi misión. Lo he conseguido y puedo irme a casa. Y podremos decidir los pasos a seguir con el tema de mis padres cuando se aclare esta situación. ¿Verdad?

—No del todo.

—No. No digas más.

Madden se inclina hacia mí.

—La lista. Solo él sabe dónde incrustó la lista *online*. Ya no hay nada analógico, ¿lo entiendes? Le has arrebatado su única copia de seguridad. ¿Lo comprendes? Esa memoria USB era lo único que le mantenía con vida. Ahora está él solo.

—Jesús. Así que le he quitado el salvavidas.

—Correcto.

—Mira, tú nunca me dijiste que...

—Paige, nadie sabía qué era lo que tenía o dónde lo tenía. Esa era la misión.

—Cierto. Y ahora la misión ya se ha cumplido, no pienso volver a Moscú. Ni hablar. Los del FSB ya deben de saber que soy una agente. —Y desde luego lo sabrán cuando Katerina les explique cómo se llevó el golpe en la cabeza.

—Quizá. Pero, si no te han matado ya, no van a matarte. Tienes que regresar —insiste Madden.

—No.

—Paige, escúchame. Tienes una nueva misión.

—No, lo siento. Yo ya he acabado. He aprobado con honores y ahora se acabó.

Se queda mirándome y veo la indecisión en su cara. ¿Debería decir lo que va a decir a continuación? Niego con la cabeza, es un gesto apenas perceptible para advertirle que no lo diga.

Pero aun así él lo dice.

—Quieren que lo mates.

—¿Qué? ¡Joder, ni hablar!

No se lo digo, pero seguro que sabe que estoy empezando a tener sentimientos por Raynes, aunque a mí nunca me pasa eso, salvo con gente hipotética como Gael García Bernal.

—Es una orden directa.

—Me da igual. No pienso hacerlo. Nada en el mundo me obligaría a hacer una cosa así.

—Tú eres la única cercana a él como para hacerlo. Eres la única que puede burlar el radar del FSB para hacerlo. Y el tiempo corre. Si ese agente del FSB que te siguió hasta el desierto les ha contado lo de la memoria, y seguro que lo ha hecho, ya estarán encajando las piezas del rompecabezas. Podrían cargarse a Raynes. Torturarle para sacarle la información y después matarlo. Tienes que partir hacia Moscú esta misma noche.

—He dicho que no.

Madden aprieta los labios y forma con ellos una línea fina.

—Enviarán a otra persona. Lo sabes. Alguien para quien Raynes solo será un objetivo. —Se queda mirándome a los ojos con mucha intensidad. Intenta decirme algo sin tener que hablar—. Eres la mejor persona para... gobernar esto.

—¿Gobernar esto? —repito yo.

Aquí ocurre algo más. Quizá sean órdenes de arriba. Sea lo que sea, ahora mismo Madden parece más un simple mensajero que un jefe.

Asiente con la cabeza, me deja el billete de avión sobre la mesa y se marcha.

En el exterior, el sol confiere a la meseta un color naranja deslumbrante. Brillante como el estallido de una bomba.

III

INTERLUDIO II

No hay más que mirar el informe de aquella mañana. Es muy extraño. Dallas. El aeropuerto de la ciudad. Han montado todo el tinglado. Un escenario. Un podio. Decoraciones rojas, blancas y azules. La foto está colocada a la perfección, el escenario está orientado hacia la pista, al fondo hay un campo verde y, a lo lejos, la silueta de los edificios de Dallas, todo ello enmarcado por un cielo azul sin nubes.

En el informe consta que ha venido todo el mundo. El sheriff. El alcalde. Incluso se rumorea que asista el gobernador. Hay varios magnates del petróleo con traje y sombrero vaquero. Sus esposas, con el pelo arreglado a la perfección, lucen vestidos veraniegos. Hay algunos niños y bebés durmiendo en sus carritos. Algunos chicos aburridos juegan a indios y vaqueros y preguntan: «¿Cuándo nos vamos?». En fin, ha venido todo el mundo. Todos preparados para el gran anuncio. Y va a haber una sorpresa. Aparecerá en todas las emisoras de noticias, desde Manhattan hasta Bombay. Una gran noticia.

Y todo el mundo está a la espera. Con ese calor abrasador y pegajoso de Texas. A la espera. Con sus abanicos. Espantando a las moscas. Mirándose unos a otros. Pendientes de cada palabra, de cualquier nuevo rumor, de los susurros de la multitud. Se encogen de hombros.

Llevan esperando desde el amanecer.

1

Empieza a gustarme esto de ver vídeos con vosotros. Es algo que compartimos.

Además, poder volver atrás y encajar todas las piezas tiene algo de emocionante. Aunque yo sepa cómo termina y vosotros no, siempre tengo la misma sensación de asombro. Cada vez me fijo en un pequeño detalle, algo sutil que antes se me había escapado. Una pista.

Y luego está el misterio de averiguarlo. ¿Cuándo se grabó este vídeo? ¿Qué estaba haciendo yo entonces? ¿Quién se vio implicado?

Como este.

Este en particular.

Yo estaba a medio camino entre Estados Unidos y Moscú, a una altitud de treinta y nueve mil pies sobre el nivel del mar, cuando se grabó este vídeo en nuestro salón azul barroco favorito. Probablemente esté dormitando en algún lugar del cielo, desmayada después de mi tercer vodka con tónica, cuando esto sucede. Sin tener ni idea de que, a miles de kilómetros de allí, me están tendiendo una trampa.

Dimitri está sentado a su mesa habitual. La reina Elsa está jugando al Candy Crush en su iPhone.

Sentado junto a Dimitri está nuestro secuaz favorito, Minion, que se inclina hacia delante.

—Un pajarito me ha dicho que Raynes está jodido.

Dimitri frunce el ceño.

—¿Por qué jodido?

—Tenía un plan B, algo para sus secuaces, por si acaso él resultaba herido.

—¿Y?

Minion sonríe.

—Ya no tiene ese plan B. Los estadounidenses lo han descubierto.

—Eso es bueno, ¿verdad?

—Es perfecto. Eso significa que, lo que tenga... —Minion se apunta con un dedo a la cabeza—, lo tiene aquí. Sabe cómo encontrarlo. Está encriptado.

Dimitri reflexiona unos segundos.

—¿Y los del FSB? ¿Lo saben?

—Aún no. Pero, cuando lo averigüen, es hombre muerto. Encontrarán manera de hacerle desaparecer y le torturarán. No tiene ninguna posibilidad. Es débil. Patético.

Dimitri se queda mirando su plato.

—¿De qué crees que se trata? Lo que sea que tenga.

Minion finge pensar, pero no es su punto fuerte.

—No lo sé. Pero, sea lo que sea, debe de ser importante. Los estadounidenses se están volviendo locos.

Dimitri se recuesta en su silla y mira a la Reina de Hielo, que ni siquiera levanta la cabeza ni reconoce su existencia. Pasados unos segundos, vuelve a mirar a Minion.

—Cambiamos el mínimo. Dobla el precio. Mil millones. Diles que tienen tres días. Se lo entregaremos al mejor postor.

Minion asiente y se gira para marcharse.

Dimitri se queda mirando la foto del periódico, en la que aparecemos Raynes y yo de paseo por las orillas del río Moscova.

—Una cosa más. Tráeme a Uri.

Le dedica una sonrisa a la Reina de Hielo.

—Puede que el idiota de mi hijo me resulte de utilidad después de todo.

Ella no levanta la cabeza.

2

Lo primero que veo cuando entro en la habitación de la residencia en Moscú es a Katerina, sentada en su cama con la cabeza vendada. Me mira con odio. Dejo la maleta en silencio y me siento en mi cama.

Ambas nos miramos durante lo que parece una eternidad.

—Vaya, esto sí que es incómodo.

Katerina se queda ahí sentada, aparentemente tranquila con esta tensión que podría cortarse con un cuchillo.

—Bueno, en Estados Unidos, cuando algo resulta muy incómodo o violento, hacemos una cosa totalmente descabellada. Hablamos de ello.

—¿Hablar?

—Sí, hablar. Pruébalo. Te gustará.

—Hablar no.

—Hablar sí.

Si acaso es posible encogerse de hombros con la mirada, ella lo hace.

Enchufo el secador de pelo y lo pongo a toda potencia para enmascarar nuestra conversación.

Katerina pone cara de fastidio. Sí, es bastante molesto.

—Vale, empiezo yo, ya que soy la que tiene más experiencia. Sé quién eres y tú sabes quién soy.

Ella asiente.

—Ambas sabemos que la otra es una espía. —La última parte la susurro.

Ella vuelve a asentir.

—No le he dicho a nadie lo tuyo. Lo que quiero saber es si tú le has dicho a alguien lo mío. Solo asiente. ¿Sí o no?

Katerina me mira durante un segundo y reflexiona.

—*Nyet*.

—Vale, bien. Probablemente no debería creerte, pero vale.

Ella resopla.

—Créeme. Piensan que solo eres una estúpida estudiante.

—Bien. Eso está bien. Bueno, hay tres maneras de hacer esto. Una es matarnos la una a la otra, otra es delatarnos la una a la otra y quizá acabar muertas también. La última manera, y la que yo prefiero, es no contárselo a nadie y vivir en una especie de estado de purgatorio en la que ambas fingiremos no saber nada. ¡Ah! Y, si lo hacemos de esta última manera, nadie morirá.

Katerina parece alegrarse un poco.

—Continúa.

—Tenemos los mismos intereses. Puede que nuestros jefes no lo entiendan, pero nosotras sí. —Hago una pausa—. En Estados Unidos se cuenta una historia. Es de la Primera Guerra Mundial. En las trincheras. Creo que la noche de Nochebuena, tanto los franceses como los alemanes dejaron de matarse los unos a los otros por una vez, salieron de sus trincheras y cantaron villancicos y bebieron *whisky*, y puede que incluso jugaran al fútbol. No lo recuerdo. Pero lo importante es que dejaron de pelear, se dieron cuenta de que solo eran engranajes en un gran mecanismo, librando la batalla de un hombre rico, que siempre ha sido...

—Vale, vale, lo pillo.

—Lo que pregunto es... ¿podemos fingir que es Nochebuena? ¿En las trincheras?

Katerina lo medita.

Y asiente.

—Nochebuena.

Respiro aliviada. No quería tener que delatar a nadie antes del desayuno.

Pero ahora Katerina también tiene sus propias preguntas...

—Dime una cosa. ¿Qué hay en la memoria USB?

—No tengo ni idea. No me pagan tanto dinero.

—Estás mintiendo, Paige estadounidense. No es bonito mentir durante las fiestas.

—Mira, si te hace sentir mejor, ya lo he dejado. El encargo. Fin. Se acabó. Misión cumplida.

—¿Como George W. Bush con la pancarta de «Misión cumplida» detrás?

Compartimos un momento de complicidad.

—Ahora quizá podamos volver a ser la chica rusa con clase y su mejor amiga, algo patosa, que la admira...

—Si ya has acabado tu misión, ¿por qué has vuelto?

Arquea una ceja. Y vuelve a dirigirme esa sonrisa pícara. Incluso aunque intentara odiarla, no podría. No es el enemigo. Es mi yo del otro lado.

Y además es Nochebuena.

Obviamente, no pienso darle los códigos nucleares ni nada de eso, pero tampoco voy a asfixiarla mientras duerme. Y, con suerte, como hemos acordado, ella tampoco me lo hará a mí.

Este momento empalagoso se interrumpe con un rap al otro lado de la puerta.

Y entonces entra Uri.

—¡Vamos, Uri, es mi cumpleaños! ¡Vamos, Uri, es mi cumpleaños!

Katerina y yo nos miramos.

—¡Hola, señoritas! Os invito a mi fiesta de cumpleaños. Será un locurón, eh.

—Mmm, Uri, puedes hablar con tu tono de voz normal. Tampoco es que nosotras seamos Salt N Pepa.

—¿Dónde es la fiesta? —pregunta Katerina.

—Eso es lo bueno. La organiza mi padre para mí, en la dacha. Será la hostia. Tenéis que venir. Insisto.

Katerina y yo hablamos al mismo tiempo.

—Yo estaba pensando en organizar mi...

—He hecho planes con otros...

Entonces pone ojitos de cordero degollado.

—Señoritas, es importante para mí.

Katerina y yo nos miramos. Uri se fija en sus vendas.

—¿Qué le pasa a tu cabeza?

—Ella me tiró una piedra. —Me señala con el dedo.

—Fue un accidente. Estábamos jugando al... béisbol.

Uri pone cara de incredulidad y Katerina se encoge de hombros.

—Ah, trae a tu novio, Paige estadounidense. Será el invitado de honor. Me pegaré a él y así les gustaré a las chicas.

—¿Novio?

—No te hagas la tímida. Todo el mundo sabe que eres pequeña zorra estadounidense que le roba el corazón a traidor famoso. Salió en periódico. Deberías estar contenta. ¡Eres famosa!

—No te imaginaba leyendo un periódico, Uri.

—En realidad lo vi en una web de cotilleos. No sales bien en la foto, pero les he dicho a mis amigos que eres guapa.

—Gracias.

Katerina sonríe. Está disfrutando con esto.

—Bueno, sí que hay una buena foto tuya. La del pasaporte. Pero nadie se fija en eso. En general pareces, ¿cómo se dice?, una chica que se ha caído del cubo de la basura.

Katerina se ríe a mi costa.

—Bueno, bueno. Basta ya de humillaciones. Es difícil vivir mi vida bajo la lente de un microscopio, pero se lo preguntaré a Raynes. Lo de ir a tu fiesta. Como tu padre es... quien es, supongo que habrá buenas medidas de seguridad.

—¡Basta de hablar! Yo se lo pregunto. —Katerina se lanza a por mi teléfono y empieza a escribir un mensaje.

—¿Qué? ¿Qué estás haciendo?

Me da la espalda, encorvada sobre mi móvil.

Antes de que me dé cuenta, Katerina ya se ha mensajeado con Raynes haciéndose pasar por mí. Luego se da la vuelta y me sonríe con malicia.

—Aquí lo tienes. —Me devuelve el teléfono como si tal cosa—. Ah, y ha dicho que le encantaría. Nunca ha visto una dacha.

Le guiña un ojo a Uri.

—Feliz cumpleaños. Ahora les gustarás a las chicas.

3

Los rusos no sonríen.

No, en serio. No me lo estoy inventando ni estoy siendo irónica.

Forma parte de su cultura.

Normalmente, cuando vas a una tienda y pagas al salir, la persona de la caja te dirige una sonrisa falsa. Y tú sonríes también. O dices «gracias» o «qué tenga un buen día» y después sonríes. Pues los rusos se saltan esa parte. O, si estás paseando a tu perro por la calle y te saludan con la cabeza, tú devuelves el saludo y ambos sonreís. Pues aquí no. Ellos te fulminan con la mirada. Ahora mismo Katerina está en su cama, con las piernas en alto apoyadas en la pared, mirándose las uñas de los pies. Yo también estoy mirándome las uñas, aunque en mi cama, con los pies apoyados en mi pared, como un reflejo de su postura.

Este es sin duda el momento más universitario que hemos compartido.

—En serio, ¿por qué los rusos no sonríen?

—¿Por qué hay que sonreír?

—No sé. ¿Por los cachorritos? O por los gatos tocando el piano. O cuando un perro se hace amigo de un delfín...

—Por la guerra sin fin, por la gente que pasa hambre, por las muertes...

—Joder, qué pesimismo.

—Soy rusa.

—Deprimente al máximo.

—No lo entiendes. Los estadounidenses pensáis que todo es genial y maravilloso y sonreís a todas horas.

—Sí, pero ¿crees que sonreímos porque pensamos que todo es genial y maravilloso o porque queremos hacer que sea genial y maravilloso?

—¿Y yo qué sé? No soy yo la que actúa como un cachorrito.

—Mira, los estadounidenses somos optimistas. Pero ¿acaso eso es tan malo? Un dato: los individuos con mayores niveles de optimismo tienen el doble de probabilidades de tener una buena salud cardiovascular que los más pesimistas.

—Así que tú tienes un corazón sano. Vivirás más tiempo en un mundo deprimente.

—Joder. Vale, ¿y qué me dices de Dios? ¿Crees en Dios?

—¿Crees tú en Papá Noel?

—Vale. Lo interpretaré como un «no». Entonces, ¿crees que estamos en este mundo solo para pagar facturas y comer sándwiches?

—¿Crees tú en el hombre de barba blanca que está en el cielo?

—No exactamente, pero creo en algo. A ver, cuando haces algo malo, ¿cómo te sientes?

—No muy bien.

—Y, cuando haces algo realmente bueno, cuando ni siquiera lo sabe nadie, ¿cómo te sientes?

—Bien.

—De acuerdo. Así que tienes principios morales. Como una guía interior. ¿Alguna vez te has parado a pensar por qué tienes algo así?

—No.

—Quizá fue nuestro creador, llámalo nuestro gran programador, quien nos lo dio. Nos dio unos principios morales.

—¿Quieres decir que somos una versión de Minecraft?

—No. No sé lo que somos. ¿Sabías que algunos de los científicos más importantes, en lugares como Princeton o el MIT, están llegando a la conclusión de que todo esto no es más que un holograma? Toda nuestra vida. Un holograma.

—Eso es aún más deprimente.

—¡No! ¡Es emocionante! Significa que todo este materialismo y esta ostentación a los que la gente dedica sus vidas son algo superfluo. Y lo único que importa es el amor y la bondad y...

—Pareces una tarjeta navideña con patas.

—Si quisiera, créeme, podría hacerme un ovillo, meterme en un rincón y pasarme llorando el resto de mi vida. Pero ¿en qué iba a ayudarme eso?

—No sé.

—Bueno, en algún momento conseguiré que lo intentes. Te lo aseguro.

—¿Intentar qué?

—Lo de ser optimista.

—Qué asco. Nunca lo intentaré.

Pero está sonriendo. Ahí, en su lado de la habitación. Ambas contemplando nuestras uñas de los pies y la posibilidad de que el universo sea un holograma.

—Si Dios es un programador, entonces ¿quién es el programador de Dios?

—Esa es la cuestión, mi querida Katerina, esa es la cuestión.

4

Se trata de una fotografía en blanco y negro perteneciente a la exposición. Está ampliada. Tiene el tamaño de un cuadro. En la imagen aparece un niño con la cabeza levantada y una sonrisa de felicidad. Lleva dos paquetes, uno en cada mano, y algo pegado alrededor de la cabeza, casi como si fueran alas de papel. *A Consumer's Dream.* «Sueños de consumidor». Ese es el nombre de la exposición. La fotografía se titula: «Al sol junto a los grandes almacenes Detsky Mir». Moscú. 1961.

Madden y yo hemos tenido que improvisar nuestra forma de comunicación, sin los cascos rojos.

Me dijo que estuviera frente a esta fotografía a las tres en punto.

Estoy segura de que alguien aparecerá por detrás y me susurrará: «El águila ha aterrizado». Pero no es eso lo que sucede.

En su lugar aparece el propio Madden.

—Pensé que esta crítica a la ostentación y el consumismo te interesaría.

—¿Cómo? Pero ¿qué estás haciendo tú aquí?

—No eres tú la única que puede volar a lugares exóticos.

—Pensaba que nos comunicaríamos utilizando la tecnología más avanzada y sofisticada. Y no algo tan... analógico.

—¿Te sientes decepcionada?

Sonríe con suficiencia.

¿Cómo no va a gustarme esa sonrisa?

Me entrega unos cascos Beats azules.

—Toma. Estos tienen una mejor codificación. Aun así, mantenlos alejados de tu compañera de habitación.

—Ah, igual que antes. ¡Pero azules! —Los agarro—. No te pongas celoso, pero voy a ir a una fiesta. Te llevaría, pero voy a ir con tu archienemigo, también conocido como mi novio. De quien en el fondo estás celoso.

—¿Y dónde se celebra exactamente esa fiesta?

—Es el cumpleaños de un amigo que quiere ser estrella del rap. En la dacha de su padre. ¡Fiestón!

—Uri..., ¿el hijo del mafioso?

—*Bing, bing, bing,* ¡mini punto para ti!

Madden piensa. Y sigue pensando.

—¿Qué estás haciendo? Sea lo que sea, déjalo.

—En realidad es perfecto. Es el lugar perfecto para hacerlo.

—¿Qué? Para hacer ¿qué?

—Venga, Paige. Ya sabes qué.

—Noooo. Venga. ¿En serio? ¿No puedo disfrutar de la fiesta?

—¿Qué tienes? ¿Cinco años?

—¿Tiene que ser ahí? ¿No podemos, no sé, posponerlo? Sé que se me puede ocurrir algo.

—Nos estamos quedando sin tiempo. Puedes hacerlo. Si no, lo hará alguien a quien le importe menos.

—Bueno, entonces ni siquiera pienso decirte dónde es la fiesta.

—Paige, no puedes agarrar tu pelota e irte a casa enfurruñada, ¿vale? Ya es demasiado tarde. Tú lo sabes y yo lo sé. Escucha, haré que escondan una pistola.

—Pero odio las pistolas. Nada de pis...

—Por favor, espera instrucciones.

Se aleja.

—Por cierto, no te pierdas la exposición de la tercera planta. Vaginas gigantes. Muy provocativo.

—¡Seguro que son vaginas dentadas gigantes, porque a los hombres les da miedo el poder de las mujeres! —Esto lo grito en mitad de la sala. Madden me ignora.

El guardia de seguridad se limita a arquear una ceja.

5

Aquí está. El último vídeo. Estoy deseando contaros cómo me hice con ellos.

Pero todavía no.

Lo vemos desde arriba. El salón barroco azul y dorado. Minion acaba de entrar muy emocionado. Le susurra algo a Dimitri al oído.

La reina Elsa pincha su *blini* con el tenedor.

Dimitri se vuelve hacia ella.

—Haz las maletas. Nos vamos a Dubái.

—Pensé que nos íbamos a Estados Unidos.

—No. Un sultán nos ha ofrecido un acuerdo mejor.

—Pero yo quiero ir a Estados Unidos. Las chicas viven mejor allí. Seré la próxima Hillary Clinton. ¡O quizá Kim Kardashian!

—¡Ja! Sigue soñando, *mishka*. Nos vamos a Dubái. Es un buen lugar para ser multimillonario. Si no te gusta, puedes volver a la granja.

Minion se marcha.

La reina Elsa contempla su plato con el ceño fruncido.

—No te preocupes. Te gustará. Tendremos un yate. Un palacio. Oro. No pongas esa cara, *mishka*. Serás la primera de mi harén.

Le guiña un ojo y levanta su copa.

—*Dosvedanya*.

6

Patinar sobre hielo en la Plaza Roja se parece un poco a patinar sobre hielo en Disneylandia, sin el elemento Gran Hermano. De hecho, ahora que lo pienso, no son tan diferentes.

Sobre nuestras cabezas, los grandes almacenes GUM (también conocidos como Glavny Universalny Magazin) están iluminados con luces blancas de Navidad y sirven de telón de fondo de fantasía en este país de las maravillas sobre hielo.

Raynes y yo nos hemos salido de la pista de hielo principal para entrar en esta carpa blanca y roja que resulta muy pintoresca. Chocolate caliente. Chocolate caliente con alcohol. *Glogg. Glühwein.* Y muchas otras bebidas alcohólicas calientes que empiezan por GL.

Ambos nos reímos de nosotros mismos porque somos los peores patinadores sobre hielo sobre la faz de la tierra. Especialmente aquí. Menos mal que todo el mundo va borracho porque, de lo contrario, es probable que nos hubieran echado de la pista. Seguro que todos han dado por hecho que íbamos como cubas.

Es evidente que casi todas estas personas no solo van borrachas, sino que además son rusas. Lo que significa que sus cuerpos se mueven hacia delante y resultan convincentes, aunque, de vez en cuando, también tropiecen.

Raynes se sienta a una mesa que hace esquina, bajo una guirnalda de luces blancas navideñas. Y sí, Oleg está detrás. Con cara de mala leche.

Él no ha patinado.

Claro que no.

—Dios, qué mal se me da. —Raynes se ríe mientras se quita los patines.

—Y a mí. ¿En qué estaríamos pensando? —Estoy quitándome también los míos. Supongo que ahí acaba la microhumillación—. O sea, supongo que nos atraía la parte romántica.

Nos miramos a los ojos. Creo que ambos estamos pensando que no necesitábamos patinar sobre hielo para ser románticos. Al menos eso es lo que pienso yo. También pienso que tengo que matarlo dentro de unos días. Y pienso en una manera para no tener que hacerlo.

—¿Crees que podemos pedirle a Oleg que nos traiga chocolate caliente?

—Oh, seguro que se muere por hacerlo. Vendrá con nosotros a la fiesta en la dacha, claro. Lo siento. No consigo que se tome la noche libre.

No le digo: «Ah, bueno, eso complica seriamente mi plan de matarte». En su lugar, sonrío y digo:

—Bueno, sabíamos que iba a venir, ¿no?

—Así es, pero creo que todo este asunto le pone nervioso.

—¿Crees que está siendo paranoico? —Distraer la atención, damas y caballeros.

—¿Quién sabe? —responde encogiéndose de hombros.

—Quiero decir que, en realidad, no hay motivo para protegerte. No es que estés haciendo algo que pueda enfurecer a alguien. —Esta es mi manera poco sutil de intentar lograr que admita su diabólico plan de desenmascarar a la RAITH.

—Creo que el gobierno estadounidense y la mitad del país no estarían de acuerdo contigo.

Y se inclina para besarme. Aquí mismo, bajo las luces de Navidad en la pista de hielo de la Plaza Roja.

¡FLASH!

Lo que imagino que es un *paparazzi* ruso nos saca una foto.

Sonríe durante una milésima de segundo antes de que Oleg se abalance sobre él y lo aprisione contra el suelo.

Ahora todo el mundo empieza a mirarnos. Algunas personas sacan fotos con sus teléfonos. Por un momento se me pasa por la cabeza que tal vez Gael García Bernal vea una de estas fotos algún día.

—Creo que es hora de sonreír a las cámaras —digo encogiéndome de hombros.

Raynes sonríe.

—Al menos no nos han sacado mientras patinábamos.

Y en ese momento, en ese preciso instante, intento no enamorarme de él. Y me pregunto si, en esas fotos que está sacando la gente, se me notará. He aquí la foto de una chica que está a punto de asesinar a su novio.

7

Es probable que esta sea mi última carrerita por la orilla del río Moscova. No solo porque empiezo a morirme de frío, sino también porque mi misión está a punto de terminar. De un modo u otro.

Suena la voz de Madden por los Beats azules y entonces sé que esto va a ser un fastidio.

—Paige, lo han averiguado.

—¿Quiénes?

—Los del FSB. Lo han averiguado. Saben lo de la memoria USB.

—Oh, Jesús.

—Tienen un plan.

—¿Vas a decirme cuál es el plan o te vas a quedar callado para añadir suspense a la situación?

—Están planeando atrapar a Raynes. En la dacha. Lo van a secuestrar y culparán a Dimitri. Le dirán a todo el mundo que ha muerto. El gran Raynes ha muerto. Y luego me da la impresión de que dispararán a Dimitri. Dos pájaros de un tiro.

—¿Y sabes a dónde piensan llevárselo?

—Sí, Paige. Piensan llevárselo al McDonald's. Después a Disneylandia. O a una cárcel secreta donde nunca podremos encontrarlo. Y lo torturarán. Hasta que entregue la lista. Y todos nuestros agentes de la RAITH morirán.

—Vale, lo pillo.

—Paige, no pueden atraparlo con vida. Ahora que la memoria ha desaparecido, ahora que no hay plan B, pueden hacer con él lo que quieran. Si muere, no se pierde nada. Pero no lo matarán sin más. Le sacarán la lista. Le torturarán. Vas a hacerle un favor si lo matas primero. ¿Lo entiendes?

—Sí. Por desgracia, sí.

—Es lo correcto.

—¿No es eso lo que se dice siempre?

El sol está poniéndose por detrás de la iglesia Kadashi, llevándose consigo el poco calor que podía quedar en el aire. Ahora hace mucho frío y puedo verme el aliento al respirar.

Nunca había pasado tanto frío.

8

En este momento estoy sentada al pie de la cama esperando a Raynes. Estoy arreglada para la gran fiesta. Y ahí está él, saliendo de la ducha. Ojalá pudiera parar este tren y bajarme.

Me habla de un sueño que tuvo anoche.

—Estaba cayendo de un edificio muy alto, era aterrador, y yo me retorcía, intentaba gritar, pero no me salía nada. Y, justo antes de impactar contra el suelo, justo antes de hacerme pedazos, apareces de pronto tú... y me elevas. Suavemente, con una sonrisa, por encima del edificio, hacia el cielo..., hasta las nubes. Y me siento agradecido. En el sueño te estoy agradecido.

Trago saliva.

Le devuelvo la sonrisa y finjo entenderlo.

Dios, no puedo vivir conmigo misma.

Me está contando un sueño en el que yo soy como un ángel o una superheroína, cuando en realidad estoy a punto de conducirle hacia la muerte.

Voy a ir al infierno. Si es que existe el infierno. Sin duda este es mi billete para entrar.

—Mira..., no tenemos por qué ir a la fiesta. Quizá podamos quedarnos aquí y ver algo en Netflix. Tengo que ponerme al día con las series.

—¿Qué? No. ¿Estás loca? Oleg me da permiso para ir. ¡No puedo perdérmelo!

Netflix. Ha sido un intento patético. Un avemaría de última hora. Y no ha funcionado.

—Estás muy guapa esta noche, Paige. Tendré que pedirle a Oleg que aparte a todos tus admiradores.

Oleg, que está de pie junto a la puerta de entrada, finge no haber oído nada.

Si Madden tiene razón, es probable que esté demasiado concentrado en su plan de secuestrar a Raynes esta noche en la dacha.

Se da cuenta de que lo estoy mirando. Quizá me haya leído el pensamiento. Quizá se sienta culpable. Ambos nos miramos durante un segundo. Luego él aparta la mirada.

Quizá se dé cuenta de que yo también me siento culpable.

9

A veces los rusos tienen una modesta dacha a pocas horas de Moscú, una pequeña cabaña de madera con chimenea. En invierno, hasta los ratones se mueren de frío.

Pero esta dacha no es así.

O mejor dicho:

ESTA DACHA.

En mayúsculas.

Esta finca, a una hora de Moscú, hace que todo en Estados Unidos parezca un centro comercial. Es un palacio de piedra de tres pisos, de color azul, con una especie de cresta muy elaborada de piedra blanca en lo alto, entre las agujas. La estructura está cubierta con grabados blancos y molduras, incluidas las puertas y las ventanas. Tiene pequeños círculos y agujas por toda la fachada, además de líneas blancas en el primer piso. Suena totalmente estrafalario, lo sé, pero es una de las cosas más bonitas que jamás he visto. Me quedo con la boca abierta cuando emergemos de entre los árboles y la vemos.

—Madre mía.

Creo que Raynes siente lo mismo que yo.

—Vaya.

Me da la mano como diciendo «¿No es genial que estemos aquí juntos, en este lugar tan hermoso? ¿Tú y yo?».

Yo le aprieto la mano, pero lo que quiero es correr hacia la nieve y convertirme en un muñeco de nieve.

Recorremos en el coche un camino bordeado de árboles hasta la dacha, que está iluminada para la fiesta. A través de las ventanas se oye la música, que prácticamente hace vibrar la nieve en el suelo. Missy Elliott. «WTF (Where They From)».

Un paréntesis: me encanta Missy Elliott.

Para mí es como si fuera la reina del mundo.

—¿Qué te parece? ¿Llegamos lo suficientemente tarde? —pregunta Raynes.

—Creo que es la hora perfecta. Parece que han tirado la casa por la ventana.

—¿Crees que los baños serán de oro?

—No sé, pero, si el interior se parece al exterior, creo que no me marcharé nunca. Quizá tengas que sacarme a rastras.

(O te sacaré yo a rastras, porque estarás muerto).

Oleg camina detrás de nosotros cuando hacemos nuestra gran entrada. Aunque tampoco es una gran entrada porque todos están demasiado ocupados pasándoselo de muerte. En serio, estos rusos no bromean. Nada de miradas de hastío. Esta gente va a por todas. Celebrando la fiesta como si el mundo se fuese a acabar.

Entre los cientos de brazos que se agitan levantados, las luces, el confeti y las acróbatas que hacen piruetas colgadas de telas carmesí, veo a Uri. Por supuesto va ataviado con su atuendo de *hip-hop* y está rodeado por una multitud.

—Ah, ahí está.

Le doy la mano a Raynes y lo guío hacia Uri con la esperanza de perder a Oleg entre la gente. No veo a Katerina, pero eso es bueno. Entre Oleg y Katerina, Raynes sería capturado en un abrir y cerrar de ojos. Tengo que mantenerlo pegado a mí. Que esté a la vista de todos.

Hasta que lo mate.

(Hasta que pueda encontrar la manera de no matarlo).

(Mirad, no sé lo que estoy haciendo, ¿vale? El jurado aún está deliberando a puerta cerrada. Y la puerta tiene la llave echada. Hay que esperar fuera).

Uri nos ve y grita por encima de la música.

—¡Mis amigos! ¿Ves? ¡Una pequeña fiesta de cumpleaños!

—¡Sí, veo! ¡Muy pequeña! Uri, este es Sean Raynes. Sean Raynes, este es Uri. Esta humilde velada es para celebrar su nacimiento. Por si tenías dudas, aunque no es que sea Jesucristo.

—¡No! ¡Soy una estrella del rap! Bueno, todavía no. Pero algún día...

—¿Quieres una copa? —Raynes está a punto de alejarse hacia la barra.

—¡No, espera! ¡Voy contigo!

—No importa, puedes quedarte aquí y hablar con el cumpleañero.

—No, no, no. Tengo unos gustos muy complicados con la bebida. Son muy específicos. Sería demasiado difícil de explicar, así que...

Raynes se queda mirándome. Pensará que estoy actuando de manera extraña porque es la verdad. Tengo que trabajar esto de la mentira. Se me da fatal.

Nos separamos de Uri y nos vamos hacia la barra.

Y en ese momento veo a Katerina.

Parece que no tengo mucho tiempo. Será mejor que me dé prisa. Antes de que Oleg o Katerina lo secuestren y se lo lleven a Siberia, o al gulag, o a donde sea que el FSB se lleva a las personas para poder torturarlas de manera ilegal.

Dios, no quiero hacerlo, Dios, no quiero hacerlo, Dios, no quiero hacerlo.

—¿Crees que podemos salir a tomar al aire? Esto es una locura. Creo que me está entrando claustrofobia.

—Claro. ¿No prefieres primero pedir una copa demasiado elaborada y complicada como para que yo la recuerde?

—No. Necesito aire. Es una reacción física que tengo a los lugares cerrados abarrotados de gente. Además, creo que soy alérgica al confeti.

Raynes arquea una ceja.

—De acuerdo.

Estamos a punto de salir por la puerta de atrás. La idea es que la pistola se encuentre estratégicamente situada debajo de un pintoresco cenador blanco que hay en la nieve. Se supone que he de llevar a Raynes hasta allí, dejar caer algo, agarrar la pistola y disparar a mi novio.

Sencillo, ¿verdad?

Noto la presión en el pecho y siento que me cuesta tomar aire. Respira, Paige. Intenta no precipitarte.

Salimos por la puerta de atrás, recibimos la bofetada del aire frío y veo el cenador blanco. Una imagen de cuento de hadas en la nieve.

—¡Es genial! ¡Mira ese cenador!

Esa es mi manera poco sutil de guiarlo hasta allí.

Sin embargo...

Raynes no responde. Supongo que no le gustan los cenadores. O el frío. O la nieve. O los intentos de asesinato. O a lo mejor no me ha oído. O a lo mejor no me ha oído porque no está detrás de mí.

Ah.

Sí.

Eso es.

No está detrás de mí.

De hecho, no lo veo por ninguna parte.

10

—¡Paige!

Viene de abajo, de lo que deduzco que son las dependencias del servicio, o de las doncellas, o los aposentos de los siervos, o lo que sea que utiliza la gente oprimida para entrar y salir.

Hay un camino de piedra que conduce a la bodega y las pisadas proceden de ahí.

Utilizando la magia de mi móvil, ilumino con la pantalla la entrada de la bodega, donde parece haber una especie de pasadizo subterráneo. De hecho, esto es bastante asqueroso, pero prefiero no centrarme en eso ahora.

Ahí está. Oleg, por supuesto, arrastrando con él a Raynes, que está medio inconsciente. Supongo que le habrá golpeado después de que gritara mi nombre. ¡Cabrón!

Voy a ir a por él.

En la penumbra se parece un poco a Ted Cruz. Y, la verdad, eso hace que mi trabajo resulte mucho más fácil.

Como tengo por costumbre, empiezo otra vez a verme a mí misma desde arriba, o mejor dicho desde el polvoriento techo de piedra. No pasa nada, creo que ya os estaréis acostumbrando a ello.

Me veo a mí misma corriendo hacia él para tirarlo al suelo y funciona bastante bien, hasta que me voltea. Ha utilizado mi velocidad en mi contra. Debería haberlo imaginado, la verdad. Es como de primero de karate. Mi maestro del *dojo* se moriría de vergüenza.

Raynes utiliza la oportunidad, incluso medio atontado, para empujar a Oleg contra la pared.

Gracias a Dios. Eso me deja tiempo para levantarme y, motivada por el increíble dolor que siento en la espalda, poner en práctica todo lo que aprendí en el tatami de *muay thai*. Delante de Raynes, que no tenía ni idea y probablemente pensaba que era una delicada flor de invernadero.

Supongo que en el FSB no enseñan el arte de los ocho miembros. O, si lo enseñan, Oleg está bastante oxidado. Es una especie de secuencia de movimientos. Respondo al puñetazo de Oleg con un golpe de *thai* por encima de su puño. Respondo a su gancho de izquierda cubriéndome el rostro antes de darle un codazo. Patada lateral. Llegados a este punto, Oleg está bastante cabreado. Intento poner fin a esta aventura con una patada lateral inversa, pero a Oleg no le gusta que le machaque una chica, así que reúne toda la fuerza que le queda para lanzarme contra la pared.

Y funciona.

Así que vuelvo a ver los pajaritos revoloteando alrededor de mi cabeza, pero da igual.

Ya estoy acostumbrada a los pajaritos.

No hay de que preocuparse. Sí, Oleg tiene fuerza bruta, pero yo tengo el arte de los ocho miembros.

Así que realizo una nueva secuencia: codazo derecho, rodillazo, patada lateral y, para terminar, puñetazo cobra..., también conocido como «puñetazo de Superman». No son cosas agradables para hacérselas a alguien. Ni siquiera a tu peor enemigo. Pero creo que Oleg se lo tiene merecido.

Y ahora mismo no parece muy contento.

Y, cuando digo que no parece muy contento, me refiero a que está tirado en el suelo gimoteando.

Mirad, es muy fuerte, de eso no hay duda. Y ha conseguido asestarme un par de golpes para los que necesitaré hielo y que me harán parecer una niña callejera durante las próximas tres semanas. Lo sé.

Pero creo que yo estudié más en mi *dojo*.

Con la práctica se obtiene la perfección.

Y ahora lo sabemos. Oleg no es tan duro como pensábamos.

Menuda lección, ¿verdad? El hecho de que alguien lleve una cazadora de cuero negra y el ceño permanentemente fruncido no implica que sea Terminator.

La verdad, es tres veces más lento que Katerina. A la cual, gracias a Dios, no veo por ninguna parte.

Entonces sí que estaría en un aprieto. No podría pelear contra Oleg y Katerina al mismo tiempo. No soy tan buena.

—¿Paige? ¿Dónde has...?

—Vamos, por aquí. No tenemos mucho tiempo.

Lo agarro y lo llevo fuera, otra vez a la nieve. Otra vez al maldito cenador blanco.

—¿Dónde has aprendido a pelear así?

Pero yo me agacho y busco la pistola.

Un paréntesis: ojalá me hubieran dado algo que no fuera una pistola. Un dardo venenoso, quizá. Un rayo láser. Un sable de luz. Cualquier cosa.

Pero no. Tenía que ser una puñetera pistola fálica.

—¿Puedo hacerte una pregunta? —Esta es mi última oportunidad para encontrar una salida—. Si tuvieras que hacer algo por principios, pero cupiese la posibilidad de que alguien muriera o, mejor dicho, fuese una certeza absoluta..., ¿lo harías?

—Supongo que depende de los principios. —Se encoge de hombros.

Sigo buscando la pistola. Sigo buscando una salida.

—Bueno, ¿y si supieras que va a morir alguien, pero fuese algo muy importante?

—Sí, lo haría.

Joder.

A la mierda mi oportunidad.

¡Ah! Y ahí está la pistola. Justo a tiempo.

—¿Por qué lo preguntas?

Pero entonces me levanto y le apunto con la pistola.

—Porque he estado ocultándote algo.

—¡Jesús! ¡Paige! ¡Qué coño haces!

—¿Por qué coño ibas a publicar esa lista? En serio. ¿Por qué coño tienes que hacer algo tan destructivo y tan cruel?

—¿Qué lista?

—No te hagas el idiota. Lo sé todo. Lo de la lista. Lo de los agentes de la RAITH.

—Paige, RAITH es ilegal. Es una agencia de espionaje ilegal y anticonstitucional que no se compromete con nadie. Hay que dejarla al descubierto. ¿Sabes cómo fue la caída del Imperio Romano? Secretos. Juicios secretos. Gente que desaparecía en mitad de la noche sin ninguna razón. Sin ningún juicio. Sin un proceso justo. Paranoia. Sospechas. Miedo. ¿Te resulta familiar?

—Morirá gente. De formas horribles.

—¿No es ese el precio de la libertad?

—¿Libertad? ¿En qué momento se ha convertido la libertad en tu objetivo? En tu proyecto vanidoso. En tu intento por conseguir la fama. ¿Estás seguro de que no se trata de un intento narcisista de solidificar tu posición internacional? ¿Lo has pensado bien? No de forma romántica, sino con el alma. Porque te conozco, o creí que te conocía. Y esta falta de respeto por la vida humana, por la gente que queda atrás, por sus hijos. Todo esto no es propio de ti. No es propio de la persona que conozco. No es propio de la persona de la que me enamoré.

Raynes está mirándome y creo que con esas dos últimas frases le he hecho entrar en razón. Quizá.

Nos quedamos ahí, respirando entrecortadamente el aire helado.

—Mira, creo que puedo salvarte, pero no puedes hacer pública esa lista.

—Sabes que se publicará si me matas. Sabes que hay una copia.

—Lo siento. Ya no.

—Sí, seguro.

—¿El USB? Lo adiviné.

—Ya.

—Monument Valley.

Entonces le cambia la cara. No creí que fuera posible que palideciera más, pero así es.

—Paige, ¿qué has hecho?

—¡He salvado vidas, eso es lo que he hecho! Y puedo salvar también la tuya. Si vienes conmigo, puedo sacarte de este maldito país, pero aquí eres hombre muerto. Eres hombre muerto prácticamente en cualquier parte. Tu única esperanza es volver a casa. Puedo llevarte a casa, pero no puedes publicar la lista.

—Paige, en casa me encerrarán. Me pasaré el resto de la vida mirando un muro de hormigón. Lo sabes.

—¿Y prefieres morir? ¡Porque aquí te matarán! Te torturarán, conseguirán la lista y cualquier otra cosa que tengas y te matarán. Oleg. El FSB. Harán que parezca que has muerto aquí. Esta noche. Y no volverás a ver la luz del día. Y desearás estar muerto. Mira. Solo dime que no vas a publicar la lista y encontraré la manera. No tendré que matarte.

Compartimos un momento de complicidad. Sigo apuntándole con la pistola. Están empezando a caer unos copos de nieve agradables que nada tienen que ver con la muerte, la destrucción o las conspiraciones mundiales.

—Puedo salvarte, Raynes. Dame una oportunidad.

—No puedo hacerlo, Paige. Lo siento.

—No tanto como yo.

Levanto el arma y tomo aliento.

—Será mejor que hagas las paces con lo que sea que tienes que hacerlas.

Algunos podrían decir que hay algo, unas lagrimillas, en el rabillo de mis ojos. Pero soy dura. Puedo hacerlo. Lo único que tengo que hacer es pensar en mi madre. Pensar en mi padre. En mi familia. Nuestra pequeña familia que hace donativos a la beneficencia y que va a comprar al mercadillo orgánico y prepara regalos de Navidad para los indigentes en diciembre. Lo único que tengo que hacer es pensar en nuestra pequeña familia y en lo mucho que deseo que vuelva, junto con la ternura y el jabón orgánico y los cuadros que mi madre compra a artistas callejeros mientras mi padre niega con la cabeza.

Y ahora estoy llorando. Tengo la cara empapada por las lágrimas y hace mucho frío y lo único que quiero es que mi familia vuelva, que mi vida vuelva a ser la de antes, en vez de estar aquí, en esta noche gélida de Rusia apuntando con una pistola a alguien de quien no debía enamorarme, pero de quien me he enamorado.

Me mira y asiente con la cabeza de manera casi imperceptible.

Ya está.

—Lo siento. Lo siento mucho.

Lo digo entre lágrimas.

BANG.

El disparo llega antes de lo que pensaba. Retumba entre los árboles. Pero no es Raynes quien cae.

Soy yo.

11

El tiro me alcanza en el pecho y me hace caer al suelo, con sesenta centímetros de nieve a mi alrededor.

Raynes me mira sorprendido y entonces ve a Oleg, que cojea por la nieve hacia él.

—¡Corre!

—Pero no puedo dejarte aquí...

—¡Corre, joder!

Y Raynes echa a correr entre los árboles. Es agradable saber que ha sido todo un caballero. Muy educado.

Sé que os estaréis preguntando si estoy muerta. Si todo esto ha sido un monólogo póstumo desde la tumba. Por favor, no lloréis. Estoy bien. No, en serio. Madden no me permitiría ir a la fiesta sin un chaleco antibalas. Intenté convencerle de lo contrario porque no resultaba muy favorecedor. Seamos sinceros, es difícil que algo así te quede bien. Pero él insistió. Y ahora me alegro de que lo hiciera. Pero me fastidia, porque tendré que decirle que llevaba razón.

Bueno, podría quedarme aquí tumbada haciendo ángeles de nieve todo el día, pero Raynes está corriendo por el bosque huyendo de Oleg, que, básicamente, parece un zombi con cazadora de cuero.

Veo todo esto desde mi posición en la nieve, así que está la imagen torcida. La mitad está cubierta por la nieve y la otra mitad es un bosque torcido con Raynes corriendo y Oleg detrás disparando.

Tengo que levantarme cuanto antes, y no paro de repetirle a mi cuerpo que obedezca, pero no me hace caso. Siento la palpitación en el pecho. Es como si..., ¿sabéis cómo? Como si alguien me hubiera golpeado con todas sus fuerzas en el pecho con un martillo. De modo que contemplaré la escena desde esta cómoda posición en la nieve.

El problema es que Oleg, pese a su cojera, parece estar ganándole terreno al pobre Raynes. Es lo que tienen los genios informáticos. Da la impresión de que todos suspendían Gimnasia.

De pronto dos nuevas figuras entran en mi campo de visión torcida, y así, sin más, una de dichas figuras apunta y dispara... a Oleg. Que cae al suelo. Y se queda ahí. No sé si el FSB le dio también un chaleco antibalas. La verdad es que no lo parece. Pero lo mantendré vigilado.

Uno de esos dos hombres es viejo y calvo, camina despacio. El otro, el que ha disparado a Oleg, corre más. ¿Sabéis quiénes son?

Sí. Lo habéis adivinado.

Dimitri, el padre mafioso de Uri, y su esbirro favorito, Minion.

Minion es mucho más rápido que ninguno y alcanza a Raynes casi al momento, lo tira al suelo y se acabó.

Ahora los mafiosos tienen a Raynes.

Jesús.

Mi cuerpo por fin decide obedecer y me levanto despacio. Estoy sacudiéndome la nieve, preparada para salir corriendo detrás de Raynes y de sus dos nuevos mejores amigos, cuando algo me pasa silbando por la derecha.

—Pero qué...

Oh, genial. Ahí está Katerina en una moto de nieve, persiguiéndolos a los tres.

Eso es. ¿Cómo se me ha podido olvidar? El FSB quiere ver muerto a Raynes. Katerina trabaja para el FSB. Katerina también persigue a Raynes. Para matarlo antes de que se marche de Rusia.

Vaya.

Supongo que la Nochebuena ha acabado oficialmente.

—¿Me tomas el pelo?

Miro hacia el cielo, pero no obtengo respuesta.

12

Mi pobre yo está corriendo a duras penas por la nieve y ve como Minion apunta y dispara.

BANG.

La bala impacta en la moto de nieve de Katerina, que sale volando y rueda por la nieve.

Ahora Dimitri y Minion tienen todo el tiempo del mundo para llevarse a Raynes.

Yo me arrastro hasta Katerina, que sigue tendida en la nieve, recuperándose.

—¿Estás bien?

—Sí, de maravilla.

—Bueno, no hace falta ser sarcástica.

—Sí que hace falta. Nací así.

—Vale, bien. Creo que deberías quedarte aquí, ¿de acuerdo? Podrías estar herida.

—Sí, por supuesto.

De pronto lanza una patada, me tira al suelo y sale corriendo detrás de Raynes, de Dimitri y de Minion.

—¡Zorra! Eso no ha estado bonito.

Katerina sigue corriendo por la nieve.

—Lo bonito es para los programas de la tele y las guarderías.

Me levanto y echo a correr tras ella.

—¡Ahora voy a tener que dispararte! ¡Así funciona el karma!

Nos estamos gritando la una a la otra mientras corremos.

—No me dispararás.

—Tengo un trastorno disociativo, ¿sabes?

—Pensaba que odiabas armas.

—Así es. ¡Y por eso no quiero disparar!

—Buen intento.

Sigue corriendo por la nieve. Claro está, corre mucho más deprisa que yo. Será parte de su entrenamiento biónico ruso.

—¡Katerina, para! ¡O disparo!

—¡Entonces dispara de una puta vez!

—Vale, voy a dispararte en el tobillo, ¿de acuerdo? Dicen que es el lugar más seguro.

—No me dispares, vete a casa.

—¡No puedo! Vale, voy a dispararte y, cuando lo haga, quédate quieta, ¿quieres?

—¿Por qué eres tan rara? Si vas a disparar, ¡dispara, joder!

—¡Vale! ¿Preparada?

—Pero ¿qué es lo que te pasa?

BANG.

Cae al suelo.

Corro hacia ella. Le sangra la pantorrilla.

—Vaya, quería darte un poco más abajo.

Se levanta. Creo que realmente piensa que va a alcanzar a esos tíos. Con balazo y todo.

Le doy una patada en el pecho.

—Interesante amistad la nuestra.

—Quédate en el puto suelo. Estás sangrando mucho. Es necesario que te quedes quieta.

Katerina, casi sin respiración, se fija en su pierna. Es imposible que siga corriendo.

—Mira, lo has intentando. Te has esforzado al máximo y eso es lo que cuenta.

—¿Me darán un trofeo por participar?

Justo entonces pasa junto a nosotras otra moto de nieve.

Es Uri.

—Santo Dios. ¿Qué coño pasa ahora? Mira, te pondrás bien. Tienes como dos horas para entrar en la casa antes de morirte de frío. Deberías conseguirlo.

Ella me mira y me dirige una sonrisa divertida.

—Pienso en positivo.

Sonrío y entonces me doy cuenta de que, después de esta misión, ocurra lo que ocurra, es posible que no vuelva a ver a Katerina nunca más.

—Ven a visitarme a los imperialistas Estados Unidos.

—Lo haré, cachorrito. Llevaré vodka.

Nos miramos con complicidad. Esto es la amistad. La parte triste. La parte que evitas al no permitir que nadie se te acerque.

Le dedico una sonrisa antes de echar a correr detrás de Uri y de todos los demás, que parecen estar saliendo de entre los árboles.

—¡Eres una alcohólica! —le grito por encima del hombro mientras me alejo.

No sé si me habrá oído con el ruido de la moto de nieve de Uri.

13

La verdad, cuando llego al claro, hay muchas cosas que asimilar.

Primero, hay un claro en el bosque. Segundo, hay una pequeña pista de aterrizaje, de las que se usan para avionetas. Tercero, hay un *jet* privado ahí parado, en medio de esta estampa invernal. Cuarto, no veo a Raynes por ninguna parte, pero imagino que estará en el avión, ya que parece ser la joya de la corona en esta empresa.

Pero, un momento, ¡hay más!

De pie en la escalerilla que sale del avión se encuentra la Reina de Hielo. Un paréntesis: me encanta su indumentaria. Lleva una especie de sombrero de piel sintética, así que parece un bastoncillo girante para los oídos. Pero le queda bien. Ya sé que lo último en lo que debería pensar ahora mismo es la moda, pero es importante pararse a disfrutar de las cosas buenas de la vida.

Uri está ahí, ha dejado aparcada su moto de nieve y parece estar manteniendo una acalorada conversación con Dimitri, su padre. Cuando yo era pequeña, mi padre solía leerme cuentos de Roald Dahl antes de dormir: *Charlie y la fábrica de chocolate, James y el melocotón gigante...* Ya os hacéis una idea. Estoy bastante segura de que Dimitri nunca le leyó cuentos a Uri cuando era pequeño.

Esta sospecha queda confirmada cuando Dimitri le hace un gesto a la reina Elsa y esta apunta a Uri con su pistola.

Sí, pensemos en ello durante un segundo. Dimitri, el padre de Uri, acaba de ordenar que maten a su propio hijo.

Qué majo.

A mí no me apasionan los estilismos raperos de Uri, pero creo que está mal matar a tu propio hijo. Así que levanto mi pistola, la puñetera pistola que tanto odio, y apunto a la Reina de Hielo. Lo siento, querida, al menos morirás con un modelito muy chic.

Sayonara, Reina de Hielo.

BANG.

Un momento.

Esa no he sido yo.

Ni siquiera he disparado aún.

Y tampoco es Uri quien cae al suelo. No, amigos. Uri está justo ahí. Feliz como una perdiz.

¿Adivináis quién ha caído?

Sí, eso es.

Dimitri.

El mafioso de Moscú, hombre satánico por excelencia, está retorciéndose en la nieve. Al menos está vivo para levantar la cabeza y ver a su hijo besar a su novia.

—¡Pero qué coño!

Lo digo en voz alta, escondida detrás de un árbol. Pero estoy segura de que Dimitri está pensando lo mismo.

Es un beso realmente largo. Y siguen.

Y siguen.

Y no paran.

—Dios, idos a un hotel —murmuro.

Pero el árbol tras el que me escondo no se ríe de mi chiste.

Y en cuestión de segundos Uri y la reina Elsa se suben al avión y dejan a Dimitri retorciéndose en la nieve y sintiéndose como un idiota. A través de una de las ventanillas distingo a Raynes en la parte de atrás. Sí. Lo tienen.

—¡Esperad! ¡Esperad, esperad, esperad!

Corro tras ellos.

Pero no me oyen con el ruido del motor. Corro por la nieve hacia ellos, pero empieza a levantarse viento.

El avión se prepara para despegar con el motor a toda potencia y la nieve que vuela en círculos a su alrededor. Y ya está.

Se acabó.

El avión se dispone a abandonar la pista. Y yo la he fastidiado. La he fastidiado, pero bien.

14

Nunca se me dio bien ser valiente.

Incluso con las pequeñas cosas que hacía, con el *jiu-jitsu*, con todas esas cosas chulas, siempre sabía que ganaría. Contra esos idiotas del Applebee's. Contra esos idiotas del callejón de detrás del bar. Sabía que ganaría. Y no es algo realmente valiente si sabes que vas a ganar.

Pero esto...

No puedo ganar en esto.

Se trata de un avión que despega en una pista nevada a las afueras de Moscú. ¿Quién soy yo? ¿Ethan Hunt? En el mejor de mis días me sentiría hundida. Pero ahora, arrastrándome por la nieve después de recibir un disparo y varias patadas, ni hablar. No puedo más.

A mi izquierda, entre la nieve, oigo a Dimitri retorciéndose, blasfemando para sus adentros.

—¡Eres un padre horrible!

Grito por encima del motor.

—Y tú eres una estadounidense débil. Vete a casa con tu mami.

Prácticamente me escupe las palabras.

Y es entonces cuando me doy cuenta. Esto lo hago por mi casa. Por mi familia. Por mi madre y mi padre y el futuro que podamos tener juntos.

No.

Me niego, no entraré dócilmente en esa buena noche.

Casi sin darme cuenta, comienzo a correr con todas mis fuerzas hacia el extremo de la pista para enfrentarme al avión. Estoy a unos nueve metros del morro del *jet*, justo ahí, en medio de la pista, cortándole el paso.

Estoy sola, magullada, con la nieve girando en círculos a mi alrededor y el ruido del motor del avión resonando en mis oídos como un chillido. Soy yo contra el avión.

¿Qué fue lo que dijo Viva durante el entrenamiento? Justo antes de que yo estrellara el Viper. Si pierdes el control sobre una superficie mojada o nevada, puede ser mucho más difícil de recuperar.

Tengo que acercarme más.

Si me acerco lo suficiente, se verán obligados a girar hacia un lado.

Y perderán el control.

En una superficie mojada o nevada.

(En este caso, prácticamente es una pista de patinaje sobre hielo).

Me acerco más.

Y más.

Me quedo ahí, mirando hacia la cabina, al piloto. Me quedo ahí. Una chica indefensa contra el mundo.

Y ya no me veo a mí misma desde arriba. De pronto, estoy dentro de mí, no a lo lejos. De pronto, vuelvo a ser yo.

No tiene nada de irónico ni de sarcástico. No hay cinturón de seguridad ni precauciones.

En este preciso momento, este momento en el que vuelvo a ser yo misma, lucho por todo lo que he conocido y todo lo que alguna vez he amado.

Y lo defiendo con dignidad.

Más tarde, logro oír el resumen de la conversación que tiene lugar en la cabina del avión en ese mismo momento. Es algo así...

Piloto: «¿Quieres que la atropelle? Ya está herida, así que no sería...».

Uri: «¡No! No. Dame un segundo... ¡Joder! ¡Estas estadounidenses son muy pesadas!».

Y entonces da la orden.

Pero lo que a mí me parece desde aquí, desde la pista...

Es que he detenido el avión.

He detenido.

Un.

Puto.

Avión.

15

Nunca antes había estado en un *jet* privado. Lo único que deduzco cuando inspecciono la cabina es que a los multimillonarios les chiflan los paneles de madera en las paredes. Está bien. No he venido a juzgar. Pero os diré una cosa. Aquí podría grabarse un anuncio de American Apparel, con cualquiera de estas paredes de fondo, sin invertir un centavo en diseño de producción. Y estoy bastante segura de que no era lo que pretendían.

Raynes está sentado en la parte de atrás, esposado al asiento.

—¿De verdad es necesario? ¿Qué es lo que va a hacer? ¿Salir volando a diez mil pies de altura? ¿Lanzarse al abismo?

—Es por precaución.

Es la Reina de Hielo la que habla.

—Vale, tengo que decirte que ese sombrero es una pasada.

Parece verdaderamente sorprendida.

—Pero, por favor, dime que no es piel auténtica.

—No. Es Valentino.

—¡Ah, me encanta Valentino! Me gustó mucho su colección de otoño del año pasado. Sobre todo ese vestido con el corazón. El de raso.

Uri nos mira perplejo.

—Sí. Tengo el vestido. —Vaya. La reina Elsa posee el vestido más maravilloso jamás diseñado en la historia de la humanidad.

—Vale, estoy absolutamente celosa.

Ella sonríe.

¿Veis?

Habilidades sociales.

—Uri, quiero darte las gracias por no atropellarme.

—De nada, pero eres un auténtico grano en el culo.

—Sí. Lo entiendo. Pero, Uri, creo que debo preguntarte... ¿qué coño está pasando aquí? ¿Te das cuenta de que tu padre está retorciéndose ahí tirado, en la nieve?

Y es cierto. Me lo imagino blasfemando a los cielos mientras nosotros nos elevamos en el avión.

El karma.

—Tu novio es un hombre caro, Paige estadounidense. Tiene un buen precio. Mi padre quería venderlo al mejor postor. En este caso, el mejor postor era sultán de Dubái.

—¿Así que vamos a Dubái?

—No exactamente. —La reina Elsa parece muy satisfecha consigo misma.

—Mira, yo también tengo novia. —Uri mira con ternura a la reina Elsa, que he de admitir que ya no parece tan fría—. Y mi novia me cuenta secreto. Y tengo un trato mejor. Ciudadanía. En Estados Unidos. Y un precio. No tan alto. Pero Estados Unidos es lugar de *hip-hop*. Merece la pena.

—Un momento. ¿Quién? ¿La CIA?

—No. Una horrible republicana multimillonaria que quiere pasearlo como si fuera un poni. Quizá despunte en las próximas elecciones.

—Quizá se presente al concurso a mejor paleta.

Es la Reina de Hielo. No parece que le guste la paleta.

—¿Y dónde vamos a aterrizar?

—En Texas.

—¡NOOOOOOOOOOOoooooooooo! ¡No, no, no, no! Vale, escúchame. ¿Raynes? ¿Me escuchas?

—Eh, sí.

—Vas a ir a la cárcel. Lo sabes, ¿verdad?

—Estoy bastante seguro.

—Te pudrirás en prisión durante el resto de tu vida. Sin periodistas. Sin poder dar discursos. Sin nada. Para siempre. Incluso después de que tenga lugar la singularidad tecnológica. Yo seré medio robot y tú seguirás siendo un humano inferior. Y nuestro amor cíborg/humano prohibido será prohibido, pero romántico.

Uri y la reina Elsa se miran.

—¡Pero eso no importa ahora! Lo que importa es que... puedo arreglar esto. Si... me prometes... si me prometes no publicar la lista. No voy a salvarte para que después tú dejes morir a todas esas personas. Ni hablar. ¿Entendido?

Raynes me mira.

—Entonces, para resumir, tus opciones son: pudrirte en la cárcel hasta más allá de la singularidad, que se especula que suceda en 2043; o destruir la lista y yo te salvaré.

Interviene Uri.

—A mí me parece una elección muy sencilla, hermano.

—No digas «hermano» —respondo yo.

—¿Por qué no? ¿Por qué no decir «hermano»?

—Porque pareces estúpido —dice la Reina de Hielo.

Ella y yo nos miramos. El lenguaje internacional de las chicas. Raynes se lo piensa. Nos quedamos mirándonos un momento.

—¿De verdad ibas a matarme antes?

—Estoy bastante segura de que no. Pero no al cien por cien. Segura al noventa y ocho por ciento. Quizá noventa y siete.

—¿Qué te lo ha impedido?

—Bueno..., digamos que me gustas. Un poco. No mucho. En plan: «Oh, pienso en esta persona por las noches y me pregunto qué estará haciendo y, cuando escucho a Elliott Smith, pienso en él porque lo escuchamos cuando estábamos en el café Ramallah una noche por encima de las luces de Moscú».

—Qué romántico. —Ese momento sarcástico ha sido patrocinado por la Reina de Hielo.

Raynes y yo nos miramos. Al fin él asiente con la cabeza.

—De acuerdo.

—¿Tengo tu palabra?

—Sí. Tienes mi palabra.

—¡Sí! —Doy un gran salto de alegría—. Además, querría ofrecerte la oportunidad de ser mi novio.

Él sonríe y dice:

—Me parece que no.

—Au —murmura Uri.

—No pasa nada. Lo entiendo. Tenemos problemas de confianza. Es difícil superar el hecho de que tu novia haya estado a punto de asesinarte.

Nos miramos. Estamos en paz. Ocurra lo que ocurra, somos imparciales.

Me vuelvo hacia Uri.

—Vale, Uri, ¿de verdad quieres ser estadounidense?

—Por supuesto. Voy a ser una estrella del *hip-hop*.

La reina Elsa y yo volvemos a mirarnos. Creo que ambas hemos decidido ahorrarle la conversación sobre expectativas irrealizables.

—Bueno, Uri, vamos a ver. Ahora te voy a pedir que hagas algo. Y voy a decirte algo que sé que es cierto, en el fondo de mi alma, bajo todo mi sarcasmo y mi ironía. Pero la verdad es que... ser estadounidense no tiene que ver con tener un coche caro o mucho dinero o ser famoso. Significa hacer lo correcto. Y yo te pido, Uri, con todo mi corazón, que hagas lo correcto.

—*Da*. —Uri se da un golpe en el pecho—. Seré el mejor estadounidense.

—Excelente. ¿Dónde está tu teléfono?

16

La terminal de llegadas del aeropuerto de Oakland es blanca y de acero inoxidable, con un cartel sobre la entrada donde pone *¡Bienvenidos!* en cuarenta idiomas diferentes: *Dobrodošli*, 欢迎, *Vítáme tě, Bienvenue,* ابحرم, *Willkommen*, Καλώς, *Aloha, Benvenuto, Shalom, Dobro pozhalovat.*

Es un aeropuerto tranquilo. Generalmente está casi vacío.

Salvo hoy.

Hoy, el aeropuerto internacional de Oakland parece casi Coachella.

La entrada está cubierta de caras expectantes, carteles y pancartas.

Seamos sinceros, casi todos son estudiantes de Berkeley y miembros del claustro. Pero hay también bastantes personas de San Francisco y de Portland y ocho furgonetas de noticias aparcadas fuera con periodistas que corren de un lado a otro. Y sí, incluso algunas celebridades. No es por dar nombres, pero están Susan Sarandon y Mark Ruffalo, y por allí anda Michael Moore. No miréis. Actuad con naturalidad. Parad, me estáis avergonzando.

Si os preguntáis si han venido a veros a vosotros, siento chafaros la ilusión, pero la respuesta es no. Y desde luego tampoco han venido a verme a mí, porque no soy más que un engranaje en todo este mecanismo.

Pero el engranaje ha conseguido hacer algo que jamás pensaba que podría llegar a hacer.

El engranaje ha conseguido, gracias a Dios, a Buda, a Alá, a Yahvé o a quien sea en quien creáis, hacer sonar la alarma mediante Twitter, Facebook, Tumblr, Instagram, Snapchat, correo electrónico, señales de humo, palomas mensajeras y cualquier otra cosa que podáis imaginar.

Les dije que venía Raynes.

Les dije dónde aterrizaríamos.

Y cuándo.

Y les dije, a todos, que tenían que venir y que trajeran a todos sus conocidos a los que pudiera importarles este país y el futuro del mismo.

Les dije que se llevarían a Sean Raynes a alguna prisión supersecreta en mitad de la noche y que probablemente lo ejecutarían si no asistían. Todos ellos.

Les dije que eran su última oportunidad de libertad.

Y que este era su momento.

¿Queréis saber un secreto? ¿Algo que no le contaría a nadie salvo a vosotros, a quienes os lo cuento ahora, después de haber pasado tantas cosas juntos? En realidad no pensé que fuese a funcionar. Pensé que era una locura. Que me estaba agarrando a un clavo ardiendo. Pensé que quizá iría a la cárcel.

Pero, mientras contemplo esos cientos y cientos de caras que animan a Raynes, que rodean a Raynes, que protegen a Raynes y gritan «¡Raynes, por nuestros derechos!», me doy cuenta de que ha funcionado.

La policía está justo ahí, junto a la gente, mirándose los unos a los otros, a la espera de una orden. Pero no se da orden alguna. Incluso aunque pudieran alcanzarlo, nadie quiere ser el que dé la orden; nadie quiere llevarse a Raynes a rastras delante de las cámaras. No con todo lo que hay montado. Podría acabar con la carrera de cualquiera. De los policías. Del alcalde. De quien sea que dé la orden.

Y yo podría besar el suelo liberal de la zona norte de California.

Porque ha funcionado.

Al final nadie ha tenido que morir.

Misión cumplida.

17

Sobre nuestras cabezas hay un enrejado de madera oscura cubierto de buganvilla fucsia. Debajo, mirándome por encima de mi café con leche de almendras, se encuentra Madden.

—Te alegrará saber que a tu amigo Uri le han concedido asilo, y también a su atractiva novia. Asimismo, le han dado una generosa suma de dinero como gesto de buena voluntad.

—Es muy guapa, ¿verdad? Es casi como si fuera una extraterrestre o algo así. Yo la llamo la Reina de Hielo.

—Muy apropiado.

Por los altavoces, George Ezra canta *Budapest*. Es una canción alegre y melosa y parece que todos nuestros problemas se han ido flotando por encima de la buganvilla.

—Bueno, mi querido Madden, en una escala del uno al diez..., ¿estoy despedida?

—¿Qué? ¿Por desobedecer las órdenes y devolver al enemigo público número uno al centro del universo liberal para que tengamos que perdonarlo?

—Algo así.

—¿Sabes? Quizá esto te sorprenda, pero la presidenta de los Estados Unidos, tu comandante en jefe, quería que te transmitiera su gratitud. Dice que admira tu valentía.

—Vaya. La presidenta de Estados Unidos admira mi valentía. ¿Estás celoso?

—Quizá. Es posible. Nunca nadie ha dicho nada sobre mi valentía.

Doy un trago y sonrío con suficiencia.

—Por cierto, tengo algunas grabaciones interesantes que me gustaría mostrarte. Si quieres. Son de Dimitri, el padre de Uri. Pusimos una cámara en Turandot, su restaurante favorito. Hasta tú apareces en uno de los vídeos. Sin tener idea de nada, debo añadir.

—¡Oh! Lo estoy deseando.

¿Veis? Era Madden desde el principio. El de las grabaciones. Ahora ya podéis dormir tranquilos.

De nada.

—¿Y bien? ¿Qué pasa con mis padres? Creo que ya he demostrado mi valía, ¿no te parece?

—Así es. Y sabemos dónde están. Ahora solo tenemos que llegar hasta ellos.

—Ahora solo tengo que llegar hasta ellos, querrás decir.

—¿Crees que estás preparada?

Yo lo miro desafiante.

—Tendrás que aprender árabe.

—Empezaré esta misma noche.

—Eso es lo que pensaba. Eres un hueso duro de roer. Lo respeto, aunque seas tan molesta.

Nos sonreímos. Es casi como ver a un viejo amigo. Alguien de hace mucho, mucho tiempo.

—¿Y Raynes?

Se encoge de hombros.

—Mira, tiene el mejor equipo de abogados del país. Pagado por todos, desde MoveOn hasta Sean Penn.

—Sí, algo he oído. Pensé que sería un rumor.

—Lo llaman «el juicio del siglo». No está mal para ser tu primera misión, Paige.

Se levanta para marcharse.

—Por cierto..., sabía que no lo matarías.

—Sí, claro.

Se inclina hacia mí y susurra:

—De hecho, ¿por qué crees que te busqué? —Se incorpora de nuevo—. El mundo tiene que poner en duda el paradigma dominante.

Me dirige una especie de mirada secreta de complicidad y se aleja. Antes de salir, se vuelve hacia mí.

—Ah, he dejado algo para ti.

Señala con la cabeza y se aleja entre tés *chai* helados y cafés sin gluten.

Y ahí está. Debajo de la mesa. Algo enmarcado.

Rasgo el papel crepé marrón y miro dentro.

Ahí está, el cuadro del coyote aullando a la luna que vi en el motel de mala muerte. El que dije que quería comprar irónicamente. En Monument Valley.

No puedo creer que me lo haya comprado. Pero, sobre todo, no puedo creer que haya algo pegado a la parte de atrás.

Ah.

Entiendo.

Mi próxima misión.

AGRADECIMIENTOS

Me pregunto si se me olvidará alguien. Si es así, por favor, perdonadme. Hay muchísima gente que me ha ayudado de tantas maneras que me siento agradecida y asombrada.

Así que aquí va: a mi madre, a mi padre, a mi hermano, a mi hermana, a mi madrastra, a mi padrastro. A mi agente, Rosemary Stimola, que siempre me cuida. A mi editora, Kristen Pettit, que ha sido increíble, amable y brillante. A Elizabeth Lynch y a todos en HarperCollins, en esas habitaciones de cristal, con el contrato de Herman Melville a la vista. En Los Ángeles, debo dar las gracias a mi agente, Jordan Bayer, de Original Artists. He de dar las gracias a Wyck Godfrey y a Jaclyn Huntling de Temple Hill. Vuestra intuición para el libro, y para la película, ha sido inspiradora y fundamental. Por supuesto, gracias a Greg Mooradian y a todo el equipo de Fox 2000. Debo dar las gracias a mis amigos Dawn Cody, Brad Kluck, Io Perry y Mira Crisp. Sois los mejores. Y, por supuesto, a mi marido, el periodista y agitador de masas, Sandy Tolan. Te quiero con todo mi corazón y me encanta que nunca dejes de remover conciencias en nombre de los más necesitados. Eres mi mejor mitad. Y, por último, aunque no por ello menos importante, a mi querido hijo, Wyatt. Podría agitar todas las estrellas del cielo y jamás lograría que brillaran tanto como tú.